未《み》実《じつ》装《そう》のラスボス達《たち》が仲《なか》間《ま》になりました。3

2021年11月30日　初版発行

著者	ながワサビ64《ろくじゅうよん》
イラスト	かわく
発行者	青柳昌行
発行	株式会社KADOKAWA 〒102-8177 東京都千代田区富士見2-13-3 電話 0570-002-301(ナビダイヤル)
編集企画	ファミ通文庫編集部
デザイン	AFTERGLOW
写植・製版	株式会社オノ・エーワン
印刷	凸版印刷株式会社
製本	凸版印刷株式会社

●お問い合わせ
https://www.kadokawa.co.jp/(「お問い合わせ」へお進みください)
※内容によっては、お答えできない場合があります。
※サポートは日本国内のみとさせていただきます。
※Japanese text only

ISBN978-4-04-736783-8　C0093

The unimple
mented
end-stage enemys
have joined us!

フラメさんが「最悪」って言う
デザインってどんなのだろう…？
と、勝手に想像してしまいました。

かわく

3
未実装のラスボス達が仲間になりました。
The unimple
mented
end-stage
enemys have
joined us!

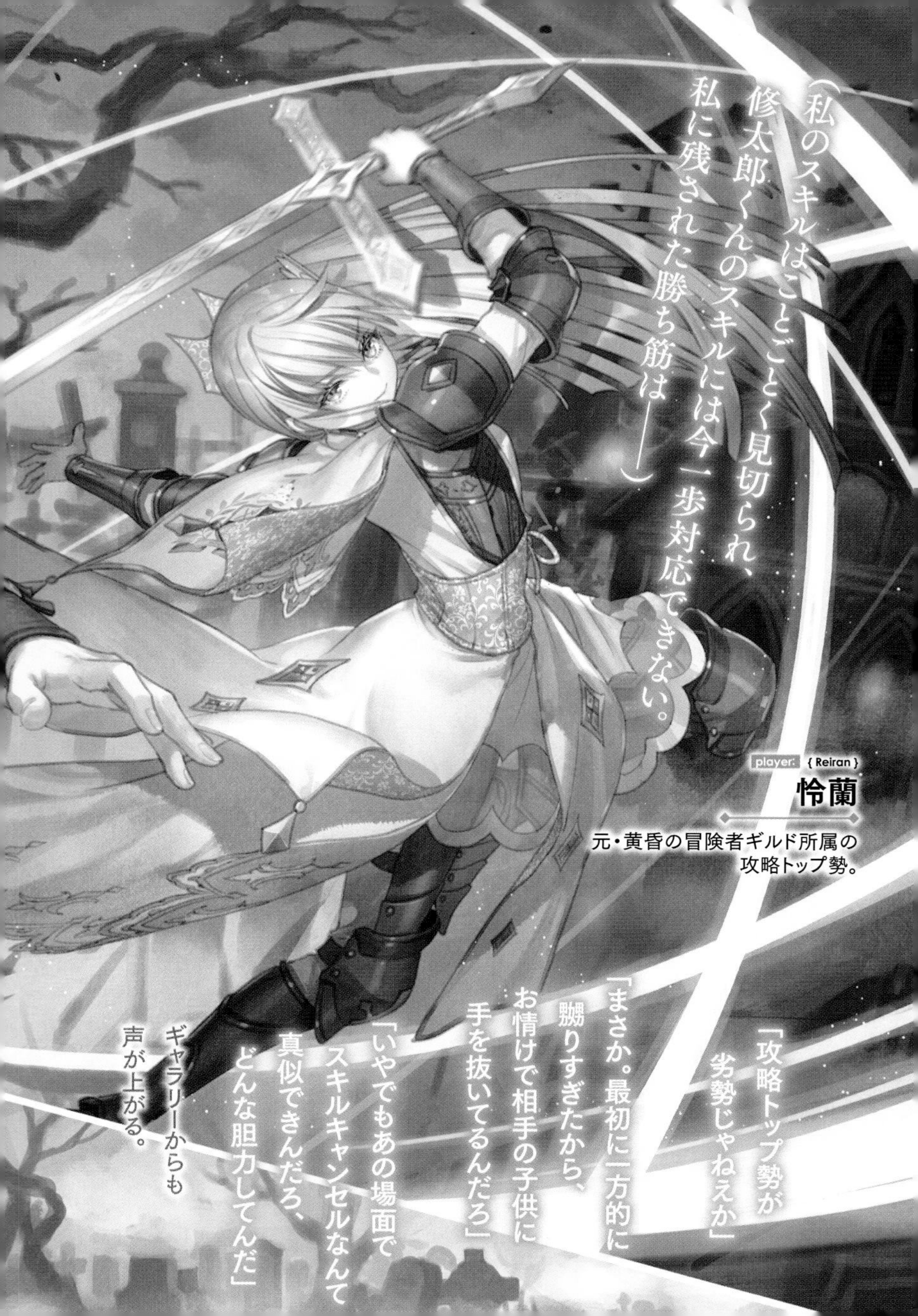
（私のスキルはことごとく見切られ、
修太郎くんのスキルには今一歩対応できない。
私に残された勝ち筋は――）
player: { Reiran }
怜蘭
元・黄昏の冒険者ギルド所属の
攻略トップ勢。
「攻略トップ勢が
劣勢じゃねえか」
「まさか。最初に一方的に
嬲りすぎたから、
お情けで相手の子供に
手を抜いてるんだろ」
「いやでもあの場面で
スキルキャンセルなんて
真似できんだろ、
どんな胆力してんだ」
ギャラリーからも
声が上がる。

CON

The unimple
mented
end-stage enemys
have joined us!

contract: { BOSS MOB }
The Six Demon Kings
and the Lord of the Dungeon

CHARACTERS: キャラクター紹介

CHARACTERS 紋章ギルド

player: { Wataru }

ワタル

紋章のギルドマスター。

player: { Aruba }

アルバ

紋章のサブマスター。

player: { Flame }

フラメ

紋章の頭脳。

player: { Misaki }

ミサキ

紋章の隊員。修太郎に助けられた過去を持つ。

CHARACTERS 紋章ギルド第7部隊

player: { Barbara }

バーバラ

隊長。聖職者。

player: { Syoukichi }

ショウキチ

隊員。剣士。

player: { Kettle }

ケットル

隊員。魔法使い。

player: { Kyouko }

キョウコ

隊員。弓使い。

player: { Rao }

ラオ

元・黄昏の冒険者ギルドのTOPプレイヤー。

player: { Reiran }

怜蘭

元・黄昏の冒険者ギルドのTOPプレイヤー。

The unimple
mented
end-stage enemys
have joined us!

Chapter01: 第1話

The unimplemented end-stage enemys have joined us!

ウル水門を抜けた修太郎《しゅうたろう》達は、紋章《もんしょう》ギルドの第二拠点《きょてん》であるエマロの町へと到着した。

エマロの町はアリストラスに比べれば極々小さな拠点で、広い牧草地《ぼくそうち》と風車《ふうしゃ》が目印の農業や畜産が盛んな町である。

「とりあえずここで一度休憩《きゅうけい》して、各々《おのおの》準備ができしだい出発するわ。今日中にカロア城下《じょうか》町《まち》に着いておきたいし」

聖職者《バーバラ》の言葉に、全員が小さく頷《うなず》いた。

エマロの町はプレイヤー達の第二の拠点ではあるが、あくまで「アリストラス近辺では物足りなくなった初心者用の拠点」である。

中堅《ちゅうけん》攻略勢の拠点はその先にあるカロア城下町なので、ほとんどのプレイヤーにとっては単なる通過地点に過ぎない場所となっていた。

ここにも紋章ギルドがプレイヤー達の生活環境を必死に整《ととの》えた背景がある。

プレイヤー達の生活拠点である「大都市アリストラス」「エマロの町」「カロア城下町」には紋章の支部と本部があり、紋章に所属するプレイヤーも、そうではないプレイヤーも支援や宿の提供などで恩恵《おんけい》を受けているのであった。

背中に身《み》の丈《たけ》ほどある斧《おの》を背負った赤髪の女性——ラオは、周囲を見渡しながら申し訳なさそうに言う。

「あー、悪い。知人に挨拶《あいさつ》だけして行きたいんだけど、いいかな？」

「ええ、構わないわ。というか新しくパーティを組むことになったわけだし、私も代表として同行したほうがいいかしら？」

そう尋《たず》ねるバーバラ。

一瞬——寂《さび》しげな顔を見せたラオ。

すぐに笑顔を見せ、首を横に振った。

「そんな固い挨拶でもないし、顔を見に行くだけだからお構《かま》いなく」

十字架を模《も》した大剣を背負う女性——怜蘭《レイラン》も微笑《びしょう》を浮かべ頷くと、バーバラも「そう。なら集合時間を一時間後に決めて、またここに集まりましょう」と答え、一同は一時解散となった。

足早にその場を去る二人の背中を見送り、残った第7部隊の面々が視線を合わせた。

「カロアまではｍｏｂも出ないけど私達は予備の回復薬《ポーション》を補充しておこうと思う。修太郎君はどうする？」

バーバラにそう聞かれ、修太郎は少し考えた後、笑顔で答える。

「僕もここに知人がいるはずだから、散策がてら訪ねてみようかな！」

修太郎が言う知人とは、かつてパーティを組んだ第38部隊の兵士の男性《種子田》と、助《すけ》っ人《と》として参加していた弓使い《キイチ》の男性と聖職者《ヨシノ》の少女を指している。

召喚士《リヴィル》の女性とアイアンの事件後、少なくともキイチとヨシノはこの町を拠点に手堅《てがた》く日銭《ひぜに》を稼いで過ごすと言っていたのを覚えていたからだ。

話したいことはいくつもある――自分が召喚士《サモナー》になったこと。召喚獣《しょうかんじゅう》を綺麗《きれい》な銀色の狼《おおかみ》にしたこと。今日中にカロア城下町まで進むこと、など。

それを聞いたバーバラは頷き「じゃあ一時間後にね」と答え、残りのメンバーもその場から去っていった。

＊　＊　＊

がっくりと肩を落としてベンチに座る修太郎。

「致命的なミスだよ……」

三人とフレンド登録をしていなかったのだ。

連絡はおろか居場所すら分からないため、捜索《そうさく》は絶望的となっていた。

『主様《あるじさま》、私が探してみましょうか？』

得意気《とくいげ》な口調《くちょう》で、そう言いだす第四位魔王《シルヴィア》。

『あれ、でもシルヴィアは種子田《たねだ》さん達と会ったことないんじゃない？』

『あ……そうでした』

強さがバレた《汚名返上》件のため意気込んでみせるシルヴィアだったが、修太郎の正論で意気消沈し再び黙り込む。

修太郎は「とりあえず、町をぐるっと回ってみようかな」と、早々に町観光へ切り替えた。

エマロの町並はどこを見ても新鮮だった。

殺伐《さつばつ》としたデスゲームとは相反《あいはん》するような、アイルランドの牧草地のごとき広大かつのどかな風景。辛《つら》い現実を忘れられると、プレイヤーの居住区《きょじゅうく》としても好評である。

『主様主様！　あれはなんですか？』

『あれは串焼き、かな？』

『気になります！　気になります！』

『ふふふちょっと寄って行こうね』

などと束《つか》の間《ま》の休息《きゅうそく》を楽しむ修太郎達。

そんな中だった——

「あれは……？」

ある店の前で修太郎は立ち止まる。

そこにはラオと怜蘭の姿があった。

思わず隠れて様子を見る修太郎。

（会いたい人ってこの店の……）

と、修太郎は店の風貌《ふうぼう》を眺めた。

その店はどうやら工房が入っている装備屋のようで、しばらく誰も使っていないのか、どこか寂しく廃《すた》れているように見える。店内にもラオと怜蘭以外に人の姿はない。

「…………？」

二人はしばらく何かを話した後、悲しそうな表情で両手を合わせていた。

ラオは涙を流し、怜蘭は固く目を閉じている。

何やら見てはいけない姿を見てしまったような気持ちになりその場を離れる修太郎——その直後！

「おら——！　覗《のぞ》きなんていい趣味してんな！」

「わっ！　ラオさん!?」

黙禱《もくとう》を終えた二人に見つかる修太郎。

修太郎は「ごめんなさい」と謝りつつ、もう一度その店を見上げた。

「私達の親友のお店だよ」

そう説明したのは怜蘭だった。

ラオは無理矢理に笑みを作った。

全てを悟った修太郎が尋ねる。

「亡くなったんだね」

「うん。自殺だと思う」

寂しそうに笑う怜蘭。

この世界になってからというもの、方法は当然現実のソレと異なるが、最も多いのが「落下による自殺」だった。

プレイヤー達はレベルが上がるにつれ〝死ににくく〟なっていくのだが、特定の高度からの落下ダメージはレベルなど関係なく「LP《生命力》を1にする」——そして落下前に〝毒〟や〝呪《のろ》い〟などLP減少の状態にあれば、落下後、一秒と経《た》たずして世界から永遠にログアウトできる。

他にも即死の罠《わな》に飛び込んだり、NPC《現地民》にわざと悪事を働き処刑されたりと、方法を挙げ出せばキリがない。

いずれにせよ、自殺する《この世界から去る》方法は無数にあり、紋章が非戦闘勢の生活環境を整えるまでの間に、自殺が爆発的に〝流行《はや》った〟という背景もある。

親友のとった方法が〝どれ〟だったのか、ラオと怜蘭は知らない。ただ彼女達の元へ送られた「親友からの最後の手紙」から死因を察《さつ》することはできたのだった。誰も好《す》き好《この》んで異形のモンスター達に食い殺されたくはないわけで、先の見えないこの状況に絶望するプレイヤーは未《いま》だに後《あと》を絶《た》たない。

「どんな人だったの？」

優しい口調で尋ねる修太郎。

ラオは彼の優しさに気付きつつ、その気遣《きづか》いに甘えるようにして語り出す。

「アイツはな、元はβテスターでバリバリの攻略勢だったけど、色々あって最終的には最前線に行くよりも初心者支援を選んだ——エマロの町を通過する危なそうな駆け出しの初心者に無《む》償《しょう》で装備を提供してたんだよ」

怜蘭は黙って頷いている。

修太郎も悲しげな顔でそれを聞いていた。

善人でも簡単に死んでしまうこの世界。日を追うごとに、プレイヤーの人数は減っている。

「難病を抱えていたってのに弱ってる姿は一切見せなかった。自分が一番大変な状況にあるっていうのに人助けなんて、ほんと……なんで……」

修道院の鐘が遠くから響いていた。

ラオは修太郎の頭に優しく手を乗せ「さ、いこうぜ」と云《い》った。修太郎はあえて彼女の顔を見上げぬまま、その場所を後にしたのだった。

＊　＊　＊　＊

カロア城下町――

切り崩したような岩肌の見える山上に建つ巨大なカロア城。それをぐるりと囲うように広がる石造りの家々と、強固《きょうこ》な城壁《じょうへき》。

アリストラスをひと回り小さくした規模。しかし、守りは万全な立派な要塞《ようさい》である。

カロア城のすぐ下にある町は侍町とも呼ばれる家臣達が住《すま》う建物が並んでおり、身分の高い者が住う建物らしく一際《ひときわ》装飾の凝《こ》った造りとなっている。その下にあるのが町民の住む町であり、客寄せの声やNPCの数は決してアリストラスに引けを取っていない。

山上の巨大な城。

城主NPCの出現はまだ確認されていない。そのため、城主が絡むクエストは莫大《ばくだい》な報酬が用意されているのでは――と、プレイヤー達の間でひそかに期待されている。

ここには最前線には届かずとも、十分な戦闘力を保持したプレイヤーの活動拠点となっていた。

「とりあえず、まずは紋章カロア支部に顔を出して諸々《もろもろ》終わったら今日は自由時間ってことにしましょ。色々疲れてるだろうし」

バーバラはそう言いながら、ラオに視線を向ける。ラオは無言で頷き、それに応《こた》えた。

一行は石造りの町並を進み、ある建物の前までやってきた。

〝紋章ギルド　カロア城下町支部〟。

看板には分かりやすくそう書かれていた。

周囲に溶け込むような控えめな外観の建物。一行が見上げている間にも、出入り口を多くのプレイヤーが行き交っていた。

＊　＊　＊　＊

「こんにちは」

「こんにちは。あ、話は聞いてるよ。第7部隊の皆様、ようこそカロア支部へ」

受付で対応したのは精悍《せいかん》な顔付きの青年である。

争いごとには縁がなさそうな、人懐っこい柔らかな笑みを浮かべた好青年。

しかし、その風貌とはミスマッチなほど、身に纏《まと》う防具は歴戦《れきせん》の戦士然としており、腰には立派な剣を携えていた。

「第7部隊隊長のバーバラです。こっちは一緒に行動してもらってる召喚士の修太郎君」

「カロア支部受付のK《ケイ》です。修太郎君のことも戦闘指南役《キャンディー》さんから聞いてるよ。あの人がベタ惚《ぼ》れした逸材《いつざい》って聞いて会うのを楽しみにしてたんだー！」

そう言って、全員と握手を交わすK。

修太郎への握手には特別熱が入っている。

「ここへはしばらく滞在する予定なのでこれからよろしくお願いします」

バーバラが丁寧に挨拶すると、Kは嬉《うれ》しそうに頷いた。

「こちらこそよろしくね！　あ、そうだガルボさ――ん！　お、気付いた気付いた。ごめんごめん……ちょうどこの町の最大戦力部隊がいるんだ。紋章ギルド第6部隊」

バーバラ達よりも一つ格上の部隊。

それを聞いてバーバラ達に少し緊張が走る。

見れば奥の方から六人の屈強そうな男性プレイヤーがやって来て、中でも一際大きな体の大剣使いが前に出る。

立派な顎髭《あごひげ》を蓄《たくわ》えた人のよさそうな男性。

盾役《タンク》のような堅固な鎧《よろい》に身を包んでおり、背中の大剣はまるで持ち手の長い薄刃《うすば》包丁《ほうちょう》のよう。

パーティメンバー達の装備も見るからに上等な物で、単なるプレイヤーとは格の違う風格を纏っているのが分かる。

「やーどうもどうも、第6部隊隊長のガルボです」

「第7部隊隊長のバーバラです」

同じように各々が握手を交わした後、ガルボは感心したように顎髭を撫《な》でた。

「噂《うわさ》で聞いてたよ、一気に番号7まで飛び級昇格したパーティがいるって。確か侵攻《しんこう》をパーティ単位で撃破したんだっけ？」

実際は修太郎――もといシルヴィア単体での討伐だったため、特にショウキチとケットルの視線が露骨《ろこつ》に泳いでいたが、ガルボ達がその変化に気付いた様子はない。

「それに元、〝黄昏《たそがれ》の冒険者《ぼうけんしゃ》〟のエース二人が新規加入していたなんてな。こりゃあ伸び代はうちよりあるんじゃないか？」

ガルボの視線の先には、ラオと怜蘭がいる。

黄昏の冒険者は、最前線を攻略している四つの大型ギルドのうちの一つ。そしてなにより、以前修太郎と共にパーティを組んだキイチとヨシノが所属していたギルドである。

「隊長～そろそろ訓練行っときませんか？」

「おお、そうだな。ここで活動するならしばらく一緒になるはずだから、持ちつ持たれつでよろしく頼む！」

そう言って第6部隊は建物の奥へと消えた。

Kはそれを見送りながら修太郎達の方へ向き直る。

「第6部隊《あの人達》が向かったのがアリストラスにもあった訓練場。一応この建物には食堂から宿から装備屋から訓練場まで一通り揃《そろ》ってるから遠慮なく利用してね」

「はい。宿なんかは今日からお世話になろうと思ってます。タダですもんね？」

ニコッと笑顔を向けるバーバラ。

タダの部分をやけに強調している。

Kは額《ひたい》を掻《か》きながら頷いた。

「すぐ宿に入る？」

尋ねるKに、バーバラは一度メンバーを見たのちそれに答える。

「いえ、今日は自由行動しつつ町の散策をしようと思ってます」

「そかそか。もしも行きたい場所があるのに分からなければここに来てくれれば案内できるからね」

一行は受付のKに別れの挨拶をした後、予定通り自由時間となる。

「修太郎！　武器屋見に行こうぜ武器屋！」

「うん！　行こう行こう！」

「修太郎君、嫌なら嫌って言ってもいいんだよ」

強引なショウキチに呆《あき》れたように呟《つぶや》くケットル。そしてそのまま、武器屋を目指して少年少女が歩き出した。

「ねえ怜蘭さん。悪いけどあの子達のお守《も》りを頼めるかしら？」

はしゃぐ二人の少年の背中を見送るバーバラは、隣の怜蘭に視線を向ける。怜蘭は一瞬だけ「私が？」という顔をしてみせたが、諦めたようにコクリと頷いた。

「おお、行ってこい行ってこい！　子供に懐《なつ》かれないコンプレックスを解消してこい！」

「うるさいわね。これでも１０歳下の従姉妹《いとこ》には懐かれてたんだから」

冷やかすような口調のラオを睨《にら》む怜蘭はため息を一つ吐《つ》いた後、修太郎達の方へゆっくりと歩いていった。

＊　＊　＊　＊

アリストラスの武器屋よりも品揃《しなぞろ》えが良いなぁ――と、陳列されている剣を見つめながら修太郎はそう分析していた。

アリストラス周辺エリアのレベルは３～１５なのに対し、カロア城下町の周辺エリアのレベルは２０～３０である。当然これは、アリストラスよりもレベルの高い素材の供給量が多いことが理由であった。

「いらっしゃい。何かお探しかな？」

白髭《しらひげ》を蓄えた老人の店主ＮＰＣがそう尋ねると、剣士《ショウキチ》の少年と魔法使い《ケットル》の少女は同時にアイテムを提示した。

「これで片手剣作ってくれ！」

「これで両手《りょうて》杖《づえ》作ってください！」

二人の手には、レベル３７のボス《ネグルス》から得た素材が握られており、それを見た老人ＮＰＣは嬉しそうに笑ってみせた。

「ほっほっ。これはすごい品じゃ。剣にはこれに見合うレベルの鉱石のインゴット、杖には同じく木の枝が必要になるが、足りない場合はゴールドで代用できるよ」

「あ、じゃあゴールドで！」

「ほっほ。今回は特別に４００万ゴールドで請け負うぞい」

「ぼったくりじゃない！　××じじい！」

「ケットルくちわるっ」

二人が店主と言い合いしている間、修太郎は適当な装備を見て時間を潰《つぶ》していた。

ここには性能の良い装備は揃っているが、もちろんそれは第五位魔王《セオドール》の作った装備よりも劣《おと》るため購入するには至らない。

「修太郎君は依頼しなくていいの？」

不意にかけられた声に修太郎が視線を移すと、そこには怜蘭の姿があった。

華奢《きゃしゃ》な体に不釣《ふつ》り合《あ》いな十字架の大剣を背負う怜蘭。子供と話すのが苦手なためか、目線は修太郎の斜め下を見つめている。

「僕は間に合ってるから大丈夫！　それよりもここで装備の作成を依頼していいものなの？」

修太郎が二人からアイテムを受け取る老人NPCに視線を向けながら言うと、怜蘭は苦笑《くしょう》しながらそれに答える。

「お金はあるけど素材が足りないならNPCに頼むのが一番かな。プレイヤーは腕次第で品質の良いものを作れるかもしれないけど、決まった素材が揃ってないと作れないの」

「へぇーそうなんだ！」

感心したように目を輝かせながら、修太郎は店主と話す二人に視線を向けた。

二人の間にしばらくの沈黙が流れる。

（何か話すこと、何か、ええと……）

頑張って話題を探す怜蘭。

修太郎が笑顔で尋ねる。

「怜蘭さんは黄昏の冒険者ってギルドにいたんだよね？　なら僕の知り合いと同じだね！」

「え？　そうなの？　なんて人？」

「キイチさんとヨシノさん」

怜蘭はしばらく考えた後、それに答える。

「ん、ごめんなさい。黄昏も紋章ほどではないけど大勢所属していたから……」

「そっかぁ」

残念そうに下を向く修太郎。

再び訪れる沈黙。

怜蘭は心の中で「せっかく話題を振ってくれたのに」と嘆《なげ》いていたが、修太郎に気にする様子はない。

「ここから行けるキレン墓地って、たしかβ時代の最前線だよね。デュラハンはボス特性とアンデッド属性で攻撃が通りにくいって読んだことあるんだけど、鎧を着てるなら武器は剣よりも鈍器の方が有効なの？　それともアンデッドだからそれも意味ないのかな」

顎に手を当てながら陳列されたメイスを眺め呟く修太郎。

十代前半の少年からそんな冷静な分析を聞かされるとは思っていなかったのか、怜蘭は少し驚いたような表情を見せた後、最前線を戦ってきた経験からそれに的確に答えた。

「それは結構議論された話題なんだけど、鎧の中は空洞《中身がない》だし、期待した以上の効果がなかったから手持ちの一番攻撃力の高い武器で戦う方がいいって結論が出てたよ。勿論《もちろん》、聖属性と火属性の付与《エンチャント》つきの武器が一番だけどね」

「なるほど」と呟きつつ、修太郎は目を輝かせ興奮気味に熱弁を振るう。

「β時代だと最終的に槍使《やりつか》いの《ジャンプ》でデュラハンの首部分から内部に入って《竜の咆哮《ドラゴン・シャウト》》を連打するのが一番安全に中盤戦まで行けるって書いてあったよ！」

一瞬キョトンとする怜蘭。

すぐに吹き出し、小刻みに肩を震わせた。

修太郎は首を傾《かし》げる。

「それどうせ〝ヨリツラが行く!〟ブログの情報でしょ？　あれデマだよ」

くすくすと笑う怜蘭。

強い衝撃を受けたようによろめく修太郎。

「えっ!?　僕あのブログが全部本当の情報だと思って何回も読んだのに!!」

「8割本当で2割は嘘《うそ》というか脚色《きゃくしょく》してる感じ。彼は情報屋という以前にエンターテイナーな所があるから。あのデマのせいでβテストの最後の方はデュラハンに向かって《ジャンプ》使う不毛な槍使いで飽和してたもの」

その後もβテスト時代の話題で盛り上がる二人。

「あ――！　アツアツだぁ！」

冷やかすような少年の声。

気付けば新しい武器を持ったショウキチとケットルが傍《そば》に立っており、怜蘭は自分の顔が熱くなっていくのを感じた。

「にしし。これで双剣士になっても最高火力出せるぞ！　なあなあ、次どこ行く？」

「んーでもこの町のどこに何があるか知らないよね。Kさんの所行って聞いてくる？」

ショウキチとケットルの会話に修太郎が割って入る。

「なら怜蘭さんに楽しいところ連れてってもらおうよ！　βテスターっていうし、この町のこと詳しいと思う！　いい？」

「えっ、怜蘭βテスターだったのかよ！　１００人の応募に当選とかすごいな」

「怜蘭さん、私次は装飾品《アクセ》見たいんですがどこにありますか？」

三人の子供に詰め寄られた怜蘭は、何かを決心したように「うん、任せて」と笑顔を見せる。

そして四人は昼下がりのカロア城下町に溶けていった。

＊　＊　＊　＊

装飾品屋、防具屋、投擲《とうてき》練習場、占いの館――など、色々な施設をまわった四人。占いの館を出る頃には、特にケットルは怜蘭にべったりくっ付くほど懐いていた。

「はー。男難《だんなん》の相《そう》アリってなんだよ」

「この場合は男性ＮＰＣからのクエスト発生率低下とか、店頭販売価格上昇とか、そんな感じだった気がする」

「ええ！　最悪!!」

占いの結果に文句を垂れるショウキチ。

くすくすと笑う怜蘭が解説する。

「ちなみに占いの効果はもう一回占いするまで継続だよ」

「ならもう一回やってくる俺!!」

「あ、でも２４時間経たないとやってくれないから……」

「ノ——ン!!」

項垂《うなだ》れた様子で歩くショウキチに、三人はたまらず笑い出す。

「私は幸運来たるだって！　これが日頃の行いの差ね？」

「お前と一緒のパーティなことがそもそも男難だよ！」

「残念だけど女ですよーだ!!　一緒が嫌ならアリストラスに帰れ！　このへっぽこ剣士！」

「んだと！　投擲テストで最低点叩《たた》き出《だ》したくせに！」

「一点しか違わなかったじゃない！　ならもう一回勝負する!?」

「ッたり前だ!!」

仲良く喧嘩《けんか》しながら館の対面にある投擲練習場へ向かう二人を見送りつつ、怜蘭と修太郎は適当な建物のデッキ部分に腰掛ける。

「良かった……なんとか慣れてくれたみたいで。私、昔から冷たい印象持たれるから」

そう言いながら、練習場へと消えてゆく二人の姿を見つめる怜蘭。

「そんなことないよ。怜蘭さんと話してると楽しいし、二人もそう思ってるはずだよ」

「——そか。なら嬉しいな」

脚甲に包まれた脚をぶらぶらさせ、照れたように目線を落とす怜蘭。修太郎もしばらくたそがれた後、彼女に尋ねる。

「最前線はどんな所だったの？　どうしてアリストラスに戻ってきたの？」

　ストレートな質問だったが、怜蘭は気にする様子もなく、思い出すかのように語り出す。

「私が最後に参加したのは〝シオラ大塔〟っていうエリアでね、途中までは順調だったんだけど、大きなギミックを一つ見逃しちゃって——結構死んだなぁ」

　虚空《こくう》を見つめながら、怜蘭は悲しいような寂しいような表情で続ける。

「私とラオが前線から退《しりぞ》くキッカケになったのは、私達とずっとパーティを組んでた親友の回復役《ヒーラー》が死んじゃったからなんだ」

テリアっていう名前でね。

ムードメーカーだったの。

笑うとすごく可愛《かわい》くてね。

　ポツリポツリと、怜蘭は力なく語る。

「その後、春《はる》カナタ——あのお店を開いてた子なんだけど、自殺しちゃってさ。友達五人のうち二人が死んじゃったから、もうぐちゃぐちゃでさ」

　寂しそうに続ける怜蘭。

「簡潔に言えば、責任を感じたラオともう一人の心が折れちゃって、もう一人はそのまま最前線に引《ひ》き籠《こ》もってしまった。特に荒れてたラオをそのまま最前線に置くのは危険だから、私達は離脱することになったの。でもね——」

　修太郎はそれを黙って聞いている。

　二人の間に優しい風が吹いた。

「道中はラオも病《や》んだりしてたけど、アリストラスに着く頃には〝責任を果たさなきゃ〟ってまた気合を入れ直して皆と出会った。このパーティはラオにとっても、もちろん私も居心地《いごこち》がいいから結果的に良かったと思ってる――けど、ラオはまだいっぱいいっぱいだと思う」

ラオはもう最前線に戻らないかもしれないなぁ――と、苦笑しながら呟く怜蘭。

自分の背中の剣を抜き優しく撫でる。

鞘《さや》に収まる剣の腹には今は亡き友人の名前が刻まれていた。

「春カナタさんの武器なんだね、それ」

名前を見つめながら、修太郎が尋ねる。

「うん。私の宝物……ごめんね、重い話で」

そう言って、瞳の端に溜《た》まった涙を指先で拭《ぬぐ》いながら怜蘭は笑顔を作った。

「修太郎君はどうしてこのパーティと一緒に行動してるの？　知り合ったキッカケはなんだったの？」

「あ、それはね――」

そこからしばらく修太郎が第7部隊との馴《な》れ初《そ》めの話をして、また怜蘭が別の話、次は修太郎といった具合に二人はたくさんの事を話して過ごしたのだった。

一夜明けて翌日――

紋章カロア城下町支部前にて、第7部隊が集まった。

「おはよ。……おっ、なんだなんだ～？　早くも仲良くなってるじゃないの」

嬉しそうな笑みを浮かべるバーバラは、ケットルと手を繋《つな》いで登場した怜蘭を見ていた。

「ラオさんから〝子供が苦手〟って聞いていたからさ、今後の連携に支障が出ても困るかなーと思って。ちょっと荒療治《あらりょうじ》だったけど」

怜蘭は修太郎に視線を向け、再び視線を戻す。

「お陰さまで、なんとか懐いてもらえました」

スッと子供達を抱き寄せる怜蘭。

三人は照れ臭そうに笑う。

遅れてやって来たラオがあくびを一つ。

「おっはー。いやー、私も気分転換できたし、怜蘭も仲良くなれたし、良かった良かった」

言いながらラオがノビを一つ。

お気楽な発言とは裏腹《うらはら》に、髪は乱れ、顔色も悪く、目の下が腫《は》れていることに大人組は気付いていた。

「二人共装備新調してきたんだね！　えらい！」

「でしょでしょ？　流石《さすが》の性能だよこれ。めちゃくちゃお金もっていかれたけど！」

ショウキチとケットルの武器が変わっている事に気付いたキョウコ。彼女も弓と鎧を新調しており、装備面は万全といった様子であった。

「とりあえず戦力も増強できたことだし、ラオさん達も私達がどれくらいのモンか知りたいだろうから、受付で話を聞いたあと訓練場で模擬戦でもやってみよっか！」

「大・賛・成!!」

一行はそのまま紋章カロア支部へと入った。

＊　＊　＊　＊

受付へとやって来た第7部隊。

軽い挨拶を交わした後、バーバラは早速自分達の今後の予定を伝える。

「私達第7部隊はしばらくここを拠点に活動して、ゆくゆくは先のエリアに挑戦するつもりです。最前線に行く予定は……今のところありません」

横目でラオに視線を向けながら。

それを聞いてKは笑顔で答える。

「ん、OK！　じゃあそのように俺もサポートするよ」

「ありがとうございます」

長期的な目標はできた。

続いて短期的な目標である。

「じゃあどうする、早速キレン墓地辺りに挑戦してみる？（まぁ行くって答えたら止めるんだけどね）」

発した言葉とは裏腹に、Kは第7部隊を先に進ませるつもりは毛頭《もうとう》なかった。

「いえ、その前に訓練場で互いの実力を測っておこうと考えてます。装備を新調したメンバーもいるので」

「お、それはいいね！　訓練場は受付を抜けた奥の扉の先にあるから満足いくまで使ってよ」

冷静に準備を進めるバーバラの存在に内心胸を撫で下ろしながら、Kは嬉しそうにそれを承諾する。

Kに会釈《えしゃく》しながら受付の横を抜ける一行。

扉を開けた先には訓練場が広がっていた。

（ここも結構広いんだ）

関心したようにキョウコはあたりを見渡す。

アリストラスほどではないが、かなりの広さがある。見ればポツポツと戦闘訓練を行っているプレイヤーの姿も確認でき、第7部隊は近くの一箇所を使う事にした。

「対人もできるけど、とりあえずは対ｍｏｂでやろっか」

設定をいじりながらバーバラが言う。

その目は「一番手は誰？」と言っているように見えた。

「じゃ俺が一番な！」

真っ先に名乗りをあげたのはショウキチだ。

仮想フィールドにはスケルトンが八体現れ、それと対面する形で五つの青いシルエットが浮かぶ——これらは〝味方〟を表すもので、よく利用するプレイヤーなら今回行うのが〝パーティの連携と役割毎《やくわりごと》の動き〟を見るためのテストだと分かるだろう。

「よっしこい!!」

ネグルスからドロップした剣と素材から作ったもう一振りの剣を両手に構えるショウキチ。

調子のいい声色とは裏腹に、その瞳は冷静に敵ｍｏｂを捉えていた。

＊　＊　＊　＊

ショウキチ、ケットル、キョウコの戦闘が終わり、バーバラの戦闘もそろそろ終わる頃だ。

「おっとバーバラ、そいつは毒の他に混乱攻撃も使ってくるよ。上空を旋回《せんかい》したら毒攻撃だから治癒《キュア》、鳴き声がしたら事前に防音《サンプル》が基本の立ち回りね。混乱に対しての治癒《キュア》だと……」

「あそっかー！　混乱に治療《キュア》だと治るよりも先に同士討ちで痛手になるのか、しまったなぁ」

蝙蝠《こうもり》型のｍｏｂを忌々《いまいま》しそうに見つめながら、外に出てくるバーバラ。

パーティ戦闘を想定としたこの仮想訓練は、それぞれの役割毎に必要な要素を意識しなければならない。

盾役《タンク》であるラオはパーティへの負担を数値化、受けるはずだったダメージとそれを軽減したものを数値化、単純な火力・殲滅力《せんめつりょく》。回復役《ヒーラー》であるバーバラは、パーティへの負担を数値化、オーバーヒール数値、軽減成功率を数値化などがある。

タンクとヒーラーにはその他にｍｏｂ知識などが必要となり、どのｍｏｂがどんな性質の攻撃をしてくるかなどを深く理解していないといけない。

そして他——攻撃役達《アタッカー》の主《おも》たる仕事も様々だが、なによりも重要なのが〝火力を出すこと〟である。

「うっわ、異次元的」

「綺麗《きれい》……！」

キョウコとケットルが見つめる先で、スケルトンの大群を相手に怜蘭が舞う。

流麗な動きから繰《く》り出《だ》される、恐ろしく鋭利で素早い一太刀《ひとたち》——対峙《たいじ》する三体のスケルトンが砕け散るのを見ることなく、返す刃《やいば》でもう二体の首をはねた。

背中の鞘に十字架の大剣を収めながら、怜蘭はメンバーがいる入り口へと歩いてきた。

「元最前線組で強いとは聞いてたけど……怜蘭さんは正直別格ね。スキル発動から次のスキル発動までの動きに無駄がないし、この数のスケルトンに対してまだ余力を感じるもの」

腕の鳥肌をさするバーバラ。

ショウキチは開いた口が塞《ふさ》がらないといった様子である。

「はっはっは！　怜蘭の敵殲滅数とボスへのダメージ量は最前線三つのギルドでも〝三本の指〟に入るくらいだったからな」

「なんでラオさんが偉そうなんですか」

誇らしげに胸を張るラオにジト目を向けるケットル。

カロア城下町に近接したエリアで最もレベルの低い〝キレン墓地のｍｏｂ〟を想定した仮想敵であったが、怜蘭にとっては居ないも同然といった結果であった。


訓練が一通り終わり、小さな銀狼《シルヴィア》を抱《だ》いてそれを傍観していた修太郎にラオが声をかける。

「修太郎もどう？　召喚獣込みの連携も考えた方がいいんじゃない？」

その言葉に修太郎も頷く。

とはいえ修太郎からしたら、むしろ目立ちすぎたり強すぎたりしないだろうか——という、別の意味での心配が大きい。

（シルヴィアの火力が数値化されるのは避けたいなぁ）

なにせレベルカンストのボスモンスター。測定器の故障を疑う数値が並ぶことは火を見るよりも明らかである。

「連携については後でじっくり試そうと思ってるから、今回は僕個人の訓練をしようかな」

苦し紛れの言い訳をする修太郎。

もちろんラオは納得いかず首を傾げる。

「ん？　別に気にしなくていいのに。私的にはそこのチビちゃんがどれだけ動けるのか、そっちもかなり気になってるんだよね」

期待に胸を膨らませるラオ。

焦ったように目を伏せる修太郎。

助け舟を出したのはバーバラだった。

「ま、まあいいじゃない、一般的な召喚獣の仕事は単純な索敵《さくてき》と援護くらいだし、火力も機嫌やコンディションによって変わるって言うもんね！」

シルヴィアの実力を目の当たりにしているバーバラもまた、火力が数値化するのを阻止するため動いていた。単なる興味本位だったラオもそれ以上のことは言わなかった。

「じゃあ行ってきます」

足早に入っていく修太郎。

「沢山《たくさん》のｍｏｂに囲まれて怖がらなければいいな」などと心配するラオと怜蘭は戦闘が進むにつれ顔色を変え、すぐに驚愕《きょうがく》の色へ染まった。

「ちょ、え？　この数値、怜蘭と、え？」

「二連撃の発動待機時間が０・４８秒って、どれだけのスキルレベルがあればこんなに速いの……？」

召喚士となり、職業による武器ダメージの補正がなくなったにもかかわらず修太郎の火力は怜蘭に勝るとも劣らない数値が出ていたのだ。

それは、第六位魔王《バートランド》との修行で上限いっぱいまで上げたスキルレベルに加え、第五位魔王《セオドール》から受け取った牙《きば》の剣による恩恵、そして修太郎自身の希有《けう》な才能が相乗された結果であった。

驚いていたのは二人だけではない。

まともに修太郎の戦闘を見たことがなかったバーバラ達もまた、次元の違う動きに目を白黒させていた。特にショウキチは魂が抜けたように茫然《ぼうぜん》と立ち尽くしている。

「修太郎君――」

出てきた修太郎を見るや否《いな》や、体を小さくぶるりと震わせた怜蘭が口を開く。

その手には大剣の柄が握られていた。

「試合、したい」

＊　＊　＊　＊

デスゲーム化後のＰｖＰは単なる娯楽にあらず。

理由は単純――人命に関わるからである。

特に相手のＬＰが０になるまで行う〝デスマッチ〟は固く禁じられており、ＬＰを半分まで削って勝敗を決める〝ハーフマッチ〟も御法度《ごはっと》となっていた。

その点、訓練場で行えるこの〝仮想ＰｖＰ〟ではいかなる設定でも人が死ぬことはない。危険が伴うＰｖＰの練習がリスクなしで行えるため、ギルドにとって訓練場は生命線とも呼べる重要な施設となっているのであった。

最前線に挑むギルドほどこのＰｖＰを徹底して実地している。特にデスゲーム化後のＰＫ《プレイヤーキラー》の存在は、侵攻と同等以上に無視できないものとなっているためだ。

「ここは訓練場だし、ＬＰが本当に減ったりしないから安心してね。もちろんその上で設定は安全なものにする」

真剣な眼差《まなざ》しを向ける怜蘭。

修太郎は困ったようにうろたえる。

「僕なんかがまともに相手になるかどうか……」

その呟きに答えたのはラオだった。

「私が見てた限りかなりいい勝負できると思う。それに、この世界は特に対人戦練習こそ入念に行った方がいい。自衛のためにもね」

ラオは複雑な表情でそう言った。

ＬＰ残量によって行動ルーチンの変わるｍｏｂでも、しっかりとした法則と特性に基づいた〝決められた動き〟をする。

それに対し、プレイヤーはそれこそ千差万別《せんさばんべつ》の動きを見せる。特に対人に特化したＰＫ達は、たとえ対人訓練を積んだプレイヤーでも厄介な存在といえる。

最前線は未踏破《みとうは》エリア攻略の恩恵だったり、ボスから出るレアなアイテムの分配だったりで頻繁《ひんぱん》にトラブルが起きる。その時、勢い余ってＰｖＰに発展することも珍しくないためメンバーに高い対人自衛能力を求めるギルドも少なくない。

「私達〝黄昏の冒険者〟だったし、貢献度と完成度優先で部隊順位が決まる紋章と違って、黄昏と〝八岐《ヤマタ》〟は対人戦での格付け順位で実力が決まるの。だから怜蘭もこんな血気盛んになっちゃってさ……」

「人を戦闘狂《せんとうきょう》みたいに言わないでよ」

腰に手を当て怒りを露《あら》わにする怜蘭。

どう違うんだと汗をかくショウキチ。

バーバラ達は、これほど実力のあるプレイヤー同士の試合なんて滅多にお目に掛かれないため、ことの顚末《てんまつ》を見守ろうと固唾《かたず》を飲んで黙り込んでいる。

『模擬戦ですか。我々も暇があれば殺し合《試合》いをしたものです』

しみじみと頷く小さな銀狼。

（シルヴィア達の事こそ血気盛んって言うんだろうなぁ）

少し悩んだ後、修太郎は怜蘭に向き直る。

「わかった！　やろう！」

力強く頷く修太郎。

怜蘭は嬉しそうに頷くと移動を開始した。

＊　＊　＊　＊

訓練場でのＰｖＰは様々な設定をいじることができる。

それは勝敗の決め方だけでなく、戦う場所や仮想敵を交えながらの乱戦モードなど、どんなシチュエーションの戦場をも再現できる。

「せっかくだし、ＭＡＰ変更してもいい？　何か希望のＭＡＰがあればそれにするよ」

そう尋ねながらパネルを操作する怜蘭。

修太郎は少し考えた後、あるＭＡＰを指定する。

「じゃあキレン墓地！」

「先々の事も考えているんだね。了解」

微笑《ほほえ》みながらそれに同意する怜蘭が指を動かすと、何もないコンクリート調の地面が小刻みに揺れ、その形をみるみる変貌《へんぼう》させてゆく。

大小様々な墓が立ち並ぶ、薄暗い墓地。

見た者全ての幸せを奪ってゆくような不気味さを醸《かも》し出《だ》している。

二人は距離をとって向かい合う。

「じゃあ修太郎君、準備いい？」

そう言って怜蘭は剣先を修太郎に向けた。

十字架を模した細長いその剣は、墓標《ぼひょう》に囲まれたこの場所に妙にマッチしているように見えた。

「もちろん！」

気合十分に応じる修太郎。

訓練場で練習していたプレイヤー達も今から始まるＰｖＰを見物しようと集まってきており、

中には「おいあれ〝幻影《ファントム》〟の怜蘭か？」とか「怜蘭だ……！」などと耳打ちが聞こえてくる。

「怜蘭さんは有名人だったんだね」

「え、あー……最前線ではそれなりに無茶してたから、かな」

尊敬の眼差しを送る修太郎に対し照れ臭そうに額を掻く怜蘭。気付けば訓練場を囲うプレイヤーで小さなサークルが形成されていた。

「設定はさっき説明した通り、致命傷のみを1点として先に10点を取った方の勝利ね。痛みも死ぬ心配もないからお互い思いっきり戦っていいからね！」

「ラオさんもなかなかに血が滾《たぎ》ってる……」

興奮気味に審判の真似《まね》ごとをするラオを、ケットルは少し引いた目で眺めている。

訓練場内では怜蘭が十字架の大剣をゆっくり抜き、修太郎も牙の剣をスラリと抜いた。

「開始まで5！　4……！」

声高らかに秒読みするラオの声を遠くに聞きながら、深呼吸した修太郎が口を開く。

「じゃあ怜蘭さん――」

ゾクッ……！

反射的に怜蘭の体が震える。

試合前の震えは武者震いだった。

なら、この震えは――？

妖《あや》しく光る二つの瞳。

まるで獰猛《どうもう》な蛇に睨まれたかのような感覚が怜蘭を襲い、対人戦に明け暮れた過去一度も味わった事のない〝恐怖〟を、自分が初めて覚えていることに気付く。

（この子は……ッ！）

「――2！　1！」

一瞬遠くに聞こえていたラオの秒読みが明瞭《めいりょう》に聞こえるようになると、怜蘭はハッとなり大剣を握る手に力を込める。


「いくよ」

凛《りん》とした修太郎の声が響くと――

ラオの試合開始の声が轟《とどろ》いた。

＊　＊　＊　＊

試合開始と同時――

修太郎の数字が《8》へと減った。

「えっ？」

見守るショウキチから驚きの声が漏れる。

試合開始と同時に、怜蘭は敵に急接近する《突進》を用いて距離を詰め、修太郎を弾《はじ》き飛《と》ばしたのだ。そして勢いそのまま、大剣で斬《き》りつけていた——それが致命傷となったために修太郎の数字が減った、という訳である。

蓋《ふた》を開ければ、ごくありふれたコンボ攻撃。

しかし、その練度・レベルは桁違《けたちが》いである。

ギャラリーの中も怜蘭の動きを目で追えたプレイヤーは数えるほどしかいなかった。

（とんでもなく速い……！）

苦悶《くもん》の表情を浮かべる修太郎。

着地後、素早く受け身を取りながら剣を構えた修太郎だが、目の前にいた怜蘭の姿が無い。

鋭い斬撃音《ざんげきおん》が響く！

足元の地面が割れ、斬撃の波が伸びる。

横っ跳びで避《よ》ける修太郎。

そこではじめて上空の光る何かに気付いた。

「《流星剣》」

怜蘭の大剣は銀色の線を帯び、突き出された軌道をなぞるように尾を引いた。

戦闘スキルによる超高速の突きであるが、威力はさながらマシンガンの如《ごと》し。

MAP特徴、対人慣れ、リーチ。

圧倒的に有利なのは怜蘭に変わりない。

反撃を許さない怒濤《どとう》の攻め——しかし、余裕がないのは怜蘭の方だった。

（悠長に勝負を楽しんではいられない。ここで仕留めるつもりで決める！）

彼女の額に汗がにじむ。

修太郎の数字がみるみる減少し《4》まで減った所で修太郎は攻撃を受け止めた。

ギャリィィイイイン！！！

激しい金属音が弾ける。

怜蘭と修太郎は互いの剣を挟んで睨《にら》み合《あ》った。

怜蘭が見たのは笑みを浮かべる修太郎の姿。それはおよそ追い詰められてる者のする顔ではない。

（笑った……？）

「エリアが暗いから注意しないとすぐ見失っちゃう。でも、もう逃さない」

そう言って修太郎は再び笑った。

二人の間に砂煙が舞い、スキル発動と衝突を意味する光と火花のエフェクトが、けたたましい音を立てながら弾けては消える。

怜蘭の鍛《きた》え抜《ぬ》かれた戦闘スキル《大薙《おおな》ぎ》が、通常のおよそ数倍の速さで繰り出されるも、修太郎は跳びながら剣の腹でそれを受け、威力に身を任せる。

（どこ……⁉）

闇に溶けるように消える修太郎。

怜蘭は必死に辺りを見渡す。

怜蘭からしてみれば目の前の修太郎が一瞬にして消えたように見えただろう。その時修太郎は振り抜かれた大剣から抜け出し、怜蘭の背後に位置取っていた。

ィイイインッ！

僅《わず》かな溜めの音の後に、

繰り出される強烈な《三連撃》！

最前線のプレイヤーでも自分のレベルほどに育っていれば上々なその戦闘スキル。レベルを極めている修太郎のそれは誰よりも速く、強い――――！

鮮やかなライトエフェクトと共に怜蘭の頭上にある数字が《１０》から《８》へと変わり、ギャラリーからどよめきの声が上がった。

（なんとか一発だけかわせたけど、速いなんてものじゃない……見てからじゃ防御できない）

再び剣を構える怜蘭。

体からは蒸気のようにオーラが立ち込める。

「！」

異変を察した修太郎が後ろに飛《と》び退《の》くと同時に、騎士の形をした半透明の巨人が怜蘭の背後に現れ雄叫《おたけ》びを上げるように唸《うな》る。

波紋のように広がる衝撃波。

訓練場全体がビリビリと音を立てて揺れる。

《騎士の咆哮《ロア・オブ・ナイツ》》

主に広範囲の敵をまとめて倒したい時に用いられる大剣使いの貴重な範囲系スキル。それを受けた対象は、無視できないダメージに加え数秒の〝硬直《スタン》〟に襲われる。

しかし——

（なんて子……あの短時間で私の動きとMAPに完全に適応したというの？　全く隙がなくなった）

難なくかわしてみせた修太郎に、怜蘭は悔しがるどころかうっすらと笑みを浮かべていた。

本気をぶつけてもビクともしない少年に惜しみない称賛——そして久《ひさ》しく忘れていた、戦いへの高揚感《こうようかん》を抱いていた。

ダァン！！！

一瞬にして怜蘭の懐に潜り込む修太郎。

踏み込んだ足が地面を割るような、物凄《ものすご》い地響きと破裂音が轟いた。

とっさに防御の構えを取る怜蘭は、剣の軌道を見極め《三連撃》の発動直前であることを察する——そして修太郎の剣先が数ミリ動くその刹那《せつな》、防御スキルである《鋼の魂》を発動させた。

地面に大剣を突き刺し、体が鉛色《なまりいろ》に変わる。

《鋼の魂》は受付時間1・5秒と極めて短いながら、受けるダメージをほぼ無効化する大剣使いの切り札的防御手段。

その上、鋼の魂に弾かれた相手の武器は、一瞬だが制御が利《き》かなくなる。

極限の集中力の中で、永遠とも思える時間が流れるのを感じながら、怜蘭はいつまで待っても〝来るはずの衝撃〟が来ない事に気付く。

修太郎は剣を振りかぶったまま、動きを止めていたのだ。

「スキルキャンセル!?」

驚愕《きょうがく》の声を上げたのはラオだ。

修太郎は怜蘭の防御スキルを読んでいた。それが終わる瞬間に備えていたのだ。

怜蘭の防御スキルが消えてゆくのを見計らい、修太郎はスキルを使わず腹部に四度の攻撃を浴びせる——スキル発動後の硬直《スタン》により回避ができない怜蘭はそれを全て受けてしまい、頭上の数字を《4》まで減らしていた。

＊　＊　＊　＊

「攻略トップ勢が劣勢じゃねえか」

「まさか。最初に一方的に嬲《なぶ》りすぎたから、お情けで相手の子供に手を抜いてるんだろ」

「いやでもあの場面でスキルキャンセルなんて真似できんだろ、どんな胆力《たんりょく》してんだ」

ギャラリーからも声が上がる。

集中する怜蘭には届かない。

（私のスキルはことごとく見切られ、修太郎君のスキルには今一歩対応できない。私に残された勝ち筋は――）

追い込まれながらも冷静に思考を巡らす怜蘭。

自分が持つ手札を心の中で再確認しながら、目の前に立つ小さくも強大な存在に届きそうなものを吟味する。

そして――

「ＯＫ。決めた」

十字架の大剣を胸の前で立てるように構え、目を瞑《つむ》る怜蘭。次の瞬間、動き出した彼女はまるで舞うように剣を振るっていた。

《剣舞》

ゲームがこうなってから、使う者がほとんどいなくなったスキル。

その効果は「防御行動を取れなくする代わりに、剣速を段階的に速めていく」というもの。

怜蘭が通った場所には青色の残光が尾を引くように残された。

互角だった速度という一点に限り、怜蘭は修太郎を大きく上回る。そして戦闘スキルのような〝決まった動き〟ではなく、予測できない動きに翻弄され、修太郎は再び防戦一方となる。

修太郎《1》

怜　蘭《1》

激しい攻撃の中で修太郎は何度も鋭い太刀《たち》筋《すじ》を受けながらも、なんとか反撃をして怜蘭の数字を減らす。

そして、怜蘭の目が妖しく光ったその直後――修太郎は彼女を完全に見失った。

修太郎が動きを捉えられなくなったとか、隙を突かれたとか、そういうものではなかった。

確実に怜蘭そのものが〝消えた〟のである。

（見えない。見えないけど、いる）

漠然とした〝気配〟というべきだろうか。

背後に寒気《さむけ》を覚えた修太郎。

転げるように回避する……と、次の瞬間、背後で怜蘭が大剣を地面に振り下ろしていた。

「避けた……？　そんな」

怜蘭の顔が驚愕に染まる。

修太郎の研ぎ澄まされた感覚によって奇《く》しくも避けられたその剣は、この日の最速だった。

刹那の攻防の果て――修太郎の剣が怜蘭を捉えた。

「…………」

押し黙って見守るラオ。

まさか避けられると思わなかった怜蘭もまた、複雑そうな表情で肩を落とす。

「私の負け」

そう呟いた怜蘭。

二人の頭上の数字が消え、訓練場に歓声が沸き起こった。

＊　＊　＊　＊

大勢からの歓声を受けながら二人が出てくる。

凄《すさ》まじいレベルの攻防が人を呼び、訓練場にいたおよそ８０人のプレイヤーが修太郎と怜蘭のＰｖＰを見守っていたのだった。

怜蘭に複数人のプレイヤーが歩み寄る。

「黄昏の冒険者の怜蘭さんですよね？　俺、貴女《あなた》に憧れてこのゲーム買ったんですよ！」

「わ、ガチ美人。レアすぎる」

「怜蘭さん惜しかったー、偶然にしてもあの一撃を避けられたのは運がなかった」

そこにはチラホラと、怜蘭に熱のこもった視線を向ける者もいる。

彼女を囲むプレイヤー達を眺めながら、バーバラはラオに耳打ちする。

「怜蘭さんって結構な有名人？」

「うん。なんせβ時代には紋章のマスターとサブマスにＰｖＰで勝ち越したこともあったし、あと単純に美人だからな」

誇らしげに語るラオは、ファンの対応に追われる怜蘭を面白そうに見つめている。

「といっても、そんな怜蘭さんを倒した修太郎君っていよいよ何者……？」

「しかも修太郎君のヤバい所は本人よりも……」

驚きを隠せない様子のバーバラ。

ケットルは修太郎の色々な規格外さに、半ば呆《あき》れたような声で呟いている。

「楽しいねＰｖＰって！」

目を輝かせながら歩み寄る修太郎。

怜蘭は心にズキリとした痛みを覚えながら、柔らかな笑みを浮かべた。

「うん、楽しかった。後半は全く歯が立たなかったけど」

怜蘭は目に見えて落ち込んでいる様子。

フォローしようと口を開く修太郎だが——

「お、なんだなんだ？　なんの騒ぎだ？」

訓練場に響く豪快な声。

見ればそこに第６部隊が勢揃《せいぞろ》いしていた。

隊長の大男、ガルボが目線を動かしながら野次馬の間を縫って歩み出る。そこで項垂《うなだ》れる怜蘭と不思議そうに見上げる修太郎と目が合った。

「あの怜蘭さんがこの子に負けたんですよ！」

「相当強いっぽいです」

「剛剣のガルボ隊長のＰｖＰも見てみたい！」

勝手に沸き立つギャラリー達。

ガルボは満更でもなさそうで修太郎を興味深そうに見下ろしている。その後ろで隊員達は気まずそうに成り行きを見守っていた。

「どら、おじさんとも一つ勝負してくれないか？」

修太郎が返事するよりも先に、ボルテージが上がったギャラリー達の声が訓練場を包み込む。

怜蘭は申し訳なさそうに修太郎へと歩み寄りこっそりと耳打ちした。

「ごめん、私のせいだ」

もはや断れる状況ではない。しかし修太郎は気にする様子もなく、笑顔で口を開く——

「ううん全然いいよ。だって今ね——すっごく楽しいんだ」

修太郎は笑顔でそう答える。

ガルボの方へ視線を向け、力強く頷いた。

＊　＊　＊　＊

いざ対峙すると、まるで巨人と小人のよう。

ガルボの持つ剣に比べれば修太郎の剣など爪楊枝《つまようじ》のように見える。覇気や体格の差はそれほど顕著《けんちょ》に表れている。

「前のMAPはキレン墓地か。今回もそれにするか？」

「諸々、お任せします！」

「そうかそうか。ならMAPはデフォルトで、形式は一本先取でどうだろう？」

ガルボは手慣れた動きで設定をいじる。

先の試合で怜蘭を打ち負かしていなければきっとギャラリーの誰かが止めていただろう試合。

しかし、体格の差を気の毒に思う者はあれど、戦うことを止めようとする者はいなかった。

見ていたからだ――怜蘭との試合を。

「ガルボ《彼》に勝つようならいよいよ……」

怜蘭が呟く。

恐らくまだ自分の中だけに芽生えている〝確信〟がこの場にいる全員にも共有されるだろう、と。

「一本先取のルールはシンプルだ。先に致命傷を与えた者が勝ち。MAPをデフォルトにしたのも小難しくなく分かりやすいから。俺は難しいことが苦手なんだよ」

そう言って豪快に笑うガルボ。

修太郎も釣られて笑みを浮かべる。

修太郎はガルボが纏う強者の雰囲気を感じ取っていた。それは一本先取のルール然《しか》り、何もないまっさらなＭＡＰ然り、彼から滲《にじ》み出《で》る〝自分への自信〟が伝わってきたからだった。

恐らく怜蘭に近い実力者。修太郎は心の中でそう目測《もくそく》を立てる。

試合開始の声が響き、金属音が轟《とどろ》く。

「っと、これは凄まじい……！」

一度の鍔《つば》迫《ぜ》り合《あ》いを経て、ガルボは修太郎の〝強さ〟を感じ取っていた――同時に、自分の認識を即座に改める。

彼は本物だ、と。

「《大断剣》」

ガルボの戦闘スキルが唸《うな》る。

盾受けや武器受けを貫通する鋭く重いその攻撃は、まるで陽炎《かげろう》のように姿をくらます修太郎の残像を穿《うが》ち地面を破壊した。

今回は十本先取ではなく、一本勝負。

致命的な一撃が入ればその時点で終わり。

つまり短期決戦で攻めるのが最善手《さいぜんしゅ》である。

「消えたッ⁉」

姿を見失うガルボの背後から、修太郎が剣を振り上げる。

「修太郎がとった――！」

身を乗り出すラオの歓喜の声が響く。

しかしその刃は分厚い剣の腹で阻《はば》まれる。

床に映る僅《わず》かな影から位置を読み取り、超人的反射速度でガルボは攻撃を防いでいた。

「ＭＡＰが影が分かりにくい場所《キレン墓地》のままだったら、今ので勝負アリだったな!!」

ガルボが吠《ほ》える。

「!?」

修太郎は自分の剣に違和感を覚えた。

まるで磁力を帯びたように剣同士が離れない。

「うおらぁ！！！」

ガルボは力任せに修太郎ごと剣の腹を地面に叩きつける。

彼の使った《磁力の剣》は、主に盾役が重要ｍｏｂを逃さないために用いる戦闘スキルだ。

特に素早さを武器とする鳥型ｍｏｂなどを物理的に動けなくする目的で使われる。

地面に足が触れるその刹那――修太郎は屈伸運動の動きで衝撃を和らげながら、着地と同時に地面を蹴り、戦闘スキルを発動した。

「《断頭剣》」

上空に跳躍《ちょうやく》し急速落下する重力を加えて威力の高い斬撃を放つこのスキル――システムアシストが働く力強い跳躍が、ガルボの筋力を押し返すように拮抗《きっこう》、そのまま弾き返す！

「ぬぅ!?」

大きく姿勢を崩すガルボ。

しかし、修太郎の跳躍は攻撃前のモーションに過ぎない。そのままガルボの上空へと飛び上がった修太郎は勢いそのままに剣を振り下ろした。

「《鋼の魂》」

ガルボの体が鉛色に変わる——怜蘭がやってみせた強力な防御スキルだ。

赤色の線を帯びた修太郎の剣から色が消え、ガルボに着弾する一瞬前に捻《ひね》りを加えるように回転、着地と同時に斬り払う。

眩《まばゆ》い光を帯びたそれは《三連撃》。

断頭剣のスキルを解いていた。新たなスキルを放ったのだ。

それは、防御スキルの効果が切れる瞬間に着弾するよう緻密《ちみつ》に計算された攻撃であった。

「人間の動きじゃねえよ……」

誰かが呟く。

ギャラリーは皆、言葉を失っている。

修太郎の剣先がガルボに触れる寸前、受付時間を超過した《鋼の魂》が解かれガルボの体は元の色へと戻ってゆく。

「やはりか！」

ガルボの大剣が修太郎の剣と同じ軌道を描くと、修太郎の《三連撃》を単純な剣術で弾いてゆく——研ぎ澄まされた修太郎のスキルを寸分の狂いなく弾き返す様は、まさに神業的動きであった。

今日一番の歓声が沸き起こる！

修太郎の最後の一撃が弾かれると同時に、ガルボは満足そうな笑みを浮かべた。

「あの怜蘭を打ち負かしたと聞いた時、スキルキャンセル《それくらい》できると予想はできた。そして君は見事にその技量を見せてくれた！」

雄叫びを上げ突進するガルボ。

意外にも無策なその攻撃に身構える修太郎。

鬼神の如《ごと》き形相で大剣を振り下ろす。

修太郎はそれを受け流す形で剣を滑らせ、ガルボの胸目掛けて叩き込んだ！

「!?」

今度は修太郎の目が見開かれる。

残像を切り裂いたように手応《てごた》えがない。

とっさに辺りに目をやる修太郎。とはいえ今のは避けたというよりも、まさしく消えたように見える。

「待って、今ガルボさんが二人に……！」

「ちょ、黙ってて！　いいとこ！」

バーバラの声を遮《さえぎ》るショウキチ。

視界の先では、修太郎に斬られた二人目のガルボが消え去る中で、一人目のガルボが修太郎の背後を取った光景が繰り広げられている。

着地に失敗し、少しだけ体のバランスが崩れていた修太郎は片足で器用に斜め上へと跳ぶ。

ブォン！！！！

コンマ数秒後にその場を通過する大剣。

ガルボの表情が驚愕に染まる。

(これも避ける、か)

スローモーションに流れるその世界の中、ガルボは何かを察したように少年の一挙一動を目に焼き付けるように眺めていた。

斜め上に跳んだ修太郎は体を１８０度に捻《ひね》りながら、勢いそのままに戦闘スキルを発動させた。

「《回転斬り》」

パン！　という音と共に、ガルボの顔がズレた。

「あっ……」

ギャラリーの誰かが声を漏らす。

訓練場から一切の音が消えた。

鋭い角度から放たれた回転斬りは斜め上から下へと円を描き、その線上にあったガルボの頭から胸へとかけてを真っ二つに切り裂いた。

試合、終了――！

＊　＊　＊　＊

「うおおおすげええ！！！」

「嘘だろ！　あいつ化け物だろ！」

「超人少年現る！！！　まじかよ‼」

「精鋭部隊に呼ばれるガルボ隊長を⁉」

「見えなかった！　なにあれ見えなかった！」

今度の歓声は修太郎を称《たた》える言葉に溢《あふ》れた。

実力者だがルックス的な印象のほうが強い怜蘭よりも、単純な手《て》練《だ》れであるガルボの方が純粋な強さで目立っていたからだ。

「いやあ、負けた完敗だよ。ところで最後の攻撃、なんでおじさんの場所が分かったのかな？」

片手を差し出し握手を求めるガルボ。

修太郎はそれに笑顔で応える。

「怜蘭さんの時も後ろからだったので、今回はそうしてもらうように動きました」

その返答にガルボは驚愕する――修太郎が〝あえて背後に来てもらうよう誘導した〟と言っていたからだった。

もちろんそんな芸当ができるプレイヤーは限られているし、ましてや精鋭揃いの紋章ギルドで第6部隊の隊長を任されている男を相手にやってのけるなど、才能という言葉で表すには足りない。

　まさに、怪物。

(第六位魔王《バート》との特訓でこういう場面は何回も練習したからなんとかなった。一安心一安心)

　心の中で胸を撫で下ろす修太郎。

　魔王直々の戦闘指導を受けた彼にとって精鋭とはいえただの〝人〟相手では対戦も苦にはならない。

「まさか俺の瓜二つ《ドッペルゲンガー》を初見《しょけん》で避ける奴《やつ》なんて初めてだからなぁ。いやあここまでの強者《ツワモノ》とは思わなんだ、がっはっは！」

　完膚《かんぷ》なきまでにやられた割にスッキリとした表情のガルボ。裏表のない彼の気持ちのいい性格がよく表れているようだった。

　ガルボの隊員達が睨むように寄ってくる。

「いやいや、ガルボさん固有スキル普通に使うんすね」

「大人気《おとなげ》なさ過ぎて引きました」

「あれで勝って何が楽しいんですか。恥ずかしいですよ」

　当然、非難囂々《ひなんごうごう》である。

　実のところ、ガルボの固有スキルは初見ではまず対処できない強力な代物《しろもの》だった。

ガルボの固有スキルは瓜二つ《ドッペルゲンガー》。

効果は〝LP1の自分の分身を作る〟というもので、他のステータスはオリジナルと同じ数値で作られる。

体力が少ないため分身は脆《もろ》いが攻撃能力は同じであるので、うまく使えば囮《おとり》にも瞬間火力の上昇にも使える非常に使い勝手の良いスキルである。

ガルボは固有スキルである瓜二つ《ドッペルゲンガー》を用いて分身を作り、分身の方を修太郎に斬らせ、その隙をついて背後から一撃をお見舞いしたのだ——とはいえ〝その勝ち筋〟は修太郎によって仕組まれていたのだが。

ＰｖＰで固有スキルを使うのは特に珍しいことではないが、試合前に初めから「固有スキル有り」であると予《あらかじ》め宣言しておくのがマナーだと一部のプレイヤーは考えている。勿論その風潮《ふうちょう》も承知するガルボはバツが悪そうに額を掻いた。

「がっはっは！　いやぁ、思った以上に修太郎君が強くてな、俺も負けん気が強い所をなんとかせにゃならんなぁ……がっはっはっはっ！　……すまん」

「固有スキル使ってあっさり負けるのは恥ずかしいっすよー隊長」

項垂れるガルボに苦笑を向ける隊員達。

それを聞いて項垂れるプレイヤーがもう一人。

「あーらら、それはこの子にも刺さるなぁ」

同じように苦笑しながら、ラオは項垂れた様子の怜蘭へと視線を向けた。

「負けたことより、固有スキルを使った罪悪感を抱いているわけだ」

「…………」

怜蘭もまたガルボと同じように昂《たかぶ》る感情のまま固有スキルを使っていた。しかしそれは修太郎の〝勘〟による超回避によって攻略されていたし、スキルの性質上気付かれにくいというのもあり、それに気付いているのはラオくらいだった。

「まさか怜蘭もガルボ隊長も、似たような局面で同じように固有スキル使ってまで勝ちに出たのは流石というかなんというか」

「大人げない、よね？」

「あー、うん、そうだね」

「だよね」

かくして、大勢のプレイヤーを巻き込んだ練習試合は勝者一人、心の負傷者二人という結果に終わり幕を閉じる——その後、二人が修太郎に謝罪したことは言うまでもない。

Chapter02: 第2話

The unimplemented end-stage enemys have joined us!

訓練場から受付へ戻ってきた第7部隊。

動揺した様子で修太郎《しゅうたろう》へ声を掛けるK《ケイ》。

「ちょ、え⁉　修太郎君ってそんなに強いの⁉　怜蘭《レイラン》さんとガルボ隊長を圧倒するって本人の戦闘力だけでもうちのサブマス並みじゃない？」

余談だが、ギルド受付には施設内全てを監視するためのモニターが備わっており、暇な時間に訓練場のPvPを眺めるのがKのささやかな楽しみとなっていた。

事前にオネエの戦闘指南役《キャンディー》から「ヤバイ子がそっち行くからね」と通達されていたKだったが、流石《さすが》に修太郎の技量を見誤《みあやま》っていた様子。

「えーと、とりあえずギルドメンバー募集中！　ここだけの話、強い人はそれなりに優遇——」

「あ、ええと、遠慮します」

勧誘もアッサリ断られ意気消沈のK。

苦笑《くしょう》を浮かべたバーバラが口を開く。

「勧誘が無駄に終わったところすみません。これから攻略していくエリアについて相談したいのですが、いいですか？」

机に突っ伏していたKは、ゴロッと頭だけを動かしバーバラへと視線を向けた。修太郎に断られたショックからか、どこか虚《うつ》ろな目をしているように見える。

「え？　ああ、うん」

「……露骨《ろこつ》につまらなそうな顔しないでくださいよ」

呆《あき》れた様子のバーバラ。

後ろでキョウコが肩を震わせ笑いを堪《こら》えていた。

＊　＊　＊　＊

「まず最初に、希望するかしないかは置いておいて〝最前線合流の目安〟を教えておくけど、カロア周辺エリアの全踏破《とうは》を三周することが最前線合流の最低条件だよ」

気を取り直した様子のK。

全員の顔を見渡した後、丁寧に説明を始める。

「俺達紋章《もんしょう》はいちギルドだし、全プレイヤーの自由を剝奪《はくだつ》する権利はない。だから強制じゃあない。それでも最前線を体感してきた俺は、より強く、この周辺エリアのマスターはサンドラス城合流の最低条件にしたいと考えてるんだよね」

つい最近まで最前線で戦っていたラオと怜蘭は、思う所があるようで小さく頷《うなず》いている。

「周辺エリアというのは具体的にキレン墓地、クリシラ遺跡、ケンロン大空洞の三箇所。場所はココとココとココね」

Kは地図を広げてみせ、カロア城下町《じょうかまち》周辺エリアをそれぞれ指でなぞっていく。

「全踏破してもらいたい理由が、この周辺エリアの性質がいわゆるチュートリアルの最終試験のような役割を担っているからだね。そして、その先のエリアではそれらの応用が数多く存在するみたい」

Kの意見はもっともだった。

「それでも最前線ではプレイヤーが簡単に命を落とす。それは最前線攻略は常に〝手探り状態からのスタート〟だから」

シオラ大塔までのエリアは、攻略勢《先人》の知恵によってｍｏｂは特性から攻撃パターンまで丸裸にされている。エリアギミックもまた然《しか》りで、プレイヤーはその情報さえ頭に入れておけば安全にエリア攻略が行える。

初心者〜中堅《ちゅうけん》プレイヤーの死亡数が極端に少なくなったのは、紋章ギルドの手厚い支援も含め攻略勢の努力の賜物《たまもの》である。

しかし当然、最前線にはそういった〝道標《みちしるべ》〟がない。未知のｍｏｂ、強力なボス、未知のギミック、未踏の道を手探りで攻略しなければならないのである。

「まぁ今回はバリバリの最前線にいた二人もいるし、隊長さんもよく考えてるからね。三周の間に二次転職も可能だろうから大きな心配はしてないよ……と、まあ警告というか忠告はこんな感じかな。ここまでで何か聞きたい事ある？」

一通り説明を終えたＫは笑顔でそう締めくくり、辺りを見渡す。

表情を変えず頷くラオと怜蘭。

緊張の面持ちで頷くキョウコ、ショウキチ、ケットル。

三人の様子を心配そうに眺めるバーバラ。

まさに三者三様の様子を見せていた。

Ｋの説明は続く。

「キレン墓地からはエリアに施された〝鍵〟を開けなければ進入できない。まずココがいままでのエリアとは違う点かな」

修太郎は、かつて黒騎士の姿で第一位魔王《エルロード》と共に体験したことを思い出していた。最前線より先のエリアである〝セルー地下迷宮〟へ行った際、エリア内部に進めなかったのはこの鍵がなかったからだった。

「鍵の入手手段は様々で、前のエリアの重要な宝箱に隠されていたり、ボスが稀《まれ》に落としたり、クエスト報酬だったり、プレイヤーの持つ何かが鍵の役割になったり……と、エリア開放のために毎回手探りで鍵探しをしているのが現状なんだ」

「って事はまず鍵探しからスタート？」

明らかに面倒くさそうな口調《くちょう》で尋《たず》ねるショウキチに、Ｋは「よくぞ聞いてくれた」と言わんばかりの表情で首を振る。

「心配ご無用！　少なくとも同じギルドか、パーティ及《およ》びレイド内に鍵を所持するプレイヤーがいればエリアは進めるんだ。だから紋章ギルドメンバーは極端な話、最前線のシオラ大塔まで鍵要らずで進むことができる」

「なら……三周してほしいって約束は、無視して進むことも可能なわけですね？」

キョウコが複雑そうにそう尋ねる。

「本来ならね。でもそれだと無知で無謀《むぼう》な力自慢が、なんの準備もなしに突入しちゃうんだよね。実際何件かそういう事故もあったし――だから紋章の鍵にはある仕掛けが施されてる」

「仕掛け？」

「うん。ギルドマスターがカロア支部の支部長に鍵の使用権限を与えているんだよ。このため自分達で鍵入手までの条件を満たしても、ギルドでもう所持しているから入手する事はできない。だからエリアに進むためにはまず支部長の許可が必要になるって仕組み」

おもむろに指先をくるくる回すＫ。

小さなポリゴンが集まっていくと共に、看守が持つようなリングに繋《つな》がれた鍵束がジャラリと音を立てて現れた。

「ま。それ俺なんだけどね」

そう言って、受付改め紋章ギルドカロア支部支部長のＫは微笑《ほほえ》んだのだった。

「けっこー面倒くさいんだな最前線に行くのって。誠《マコト》のおっちゃんも三周して向かったのかなぁ」

カロア支部にあるレストランにて、フォークでソーセージを転がしながら頬杖《ほおづえ》をつくショウキチが愚痴《ぐち》る。

『おむらいすって美味《おい》しいですね！　感動しました。でも次からぐりーんぴーすは取《と》り除《のぞ》こうと思います』

『ふふふ。グリーンピース苦手って、シルヴィア子供みたいだね』

『子供ッ!?』

その間、修太郎はシルヴィアと談笑しながら食事を楽しんでいた。修太郎の横では銀色の小狼が大盛りのオムライスに食らい付いている。

「墓地を飛ばした次のエリアからがいいな」

Ｋから貰《もら》った地図を眺めていたケットルが呟《つぶや》く。

「へ？　なんで？」

「だってアンデッド系って見た目が苦手なんだもん。このゲーム妙に凝ってるからグロいし」

「確かになー、でもＫは全エリア三周が条件って言ってたぜ？」

「行くわよ。行くけどさぁ……」

愚痴を言い合うティーン組を無言で見つめるラオ。怜蘭が優しい口調で二人に声をかける。

「でもね、不死属性のアンデッド系に効くのは聖属性と火属性でちょうどケットルちゃんが

——」

「待った。その辺の説明したら学べないから大丈夫。バーバラ、この子達借りてもいい？」

怜蘭の言葉を遮《さえぎ》る形でそう尋ねるラオ。

バーバラは何かを察したように「任せたわ」と頷く。ショウキチとケットルは「えっ？」と、驚いたようにラオを見上げた。

ラオが二人の後ろに陣取ると——

「うらっ！」

「「ぎゃ!!」」

ショウキチとケットルの首を腕でロックするようにして席から立たせたラオは、愉快《ゆかい》そうに笑いながら店の外へと引きずってゆく。

「おーし！　昨日は怜蘭だったから今日はお姉さんとカロア観光しようなー！」

「力強っ!!　ゴリラだ!!」

「さ、拐《さら》われるぅー！」

三人が消えた後のレストランは、嵐が去ったように静まり返った。

＊　＊　＊　＊

「へえ、ウル水門の背景ってそんな感じなんだ。村を壊滅させた怪物っていうのは今後のイベントへの伏線なのかな？」

「最前線にいた時にも紐《ひも》付けされたボスやイベントは未確認だったから、今後出てくる可能性はあるかもね。それにしてもマニアックな記事までよく読んでるね」

感心するように唸《うな》るバーバラとキョウコと、修太郎の知識量に苦笑する怜蘭。

三人がいなくなってからも残りのメンバーはレストランでの優雅な食事を楽しんでおり、話題は修太郎がこよなく愛する〝βテスター・ヨリツラが行く！〟のブログ記事になっていた。

「ウル水門ではクエストを持ってるＮＰＣ《現地民》がいないから、きっとアリストラスかエマロにいると思う。そしたらウル水門が廃村《はいそん》になった理由も分かる」

「私は修太郎君の記憶力に驚いてるケド」

鼻を膨らませて語る修太郎。

饒舌《じょうぜつ》に語る修太郎にやや引き気味のキョウコ。

「ちなみにキレン墓地にアンデッドが溢《あふ》れたのは、そもそもアンデッドが怨念《おんねん》により生まれるって設定があるから、城主ＮＰＣが裏でとんでもない事をやっているからなんだってさ。奴隷《どれい》売買！　人体実験！　魔物改造！」

熱く語る修太郎。

怜蘭は首を傾《かし》げる。

（本当は、デュラハンが住み着いたからっていう公式の理由があるんだけどね……）

ヨリツラの考察を真実と鵜呑《うの》みにしている修太郎であるため、怜蘭はそれを苦笑いでスルーした。そんな修太郎に、バーバラは意地悪そうな顔でこう尋ねる。

「修太郎君はさ、今の私達の構成でキレン墓地の攻略は問題ないと思う？」

修太郎は「間違った認識だったらごめんね」と先に謝罪しつつ、私見《しけん》を述べる。

「キレン墓地のｍｏｂは不死属性を持っているからレベル差以上に攻略が難航《なんこう》するエリアだけど、でもこっちには火属性魔法が使えるケットルと聖属性が使えるバーバラさんがいるし、レベル的な余裕もあるから十分優位に戦えると思うよ。注意すべきは徘徊《はいかい》ｍｏｂくらいかなぁ……うちは盾役《タンク》がラオさんしかいないし」

言い終えた修太郎はグイとジュースを飲む。

バーバラは安心したようにため息を一つ。

「やっぱり修太郎君は問題なさそうね。よし、そうと決まれば行く場所はあそこね」

そう言ってバーバラは立ち上がる。

続いて怜蘭とキョウコが立ち上がり、修太郎はよく分かっていない表情でシルヴィアを抱《だ》いて立ち上がり、そのまま一行はレストランを後にした。

＊　＊　＊　＊

ラオ達三人とは別の方向へとやってきた修太郎達は、お世辞にも綺麗《きれい》とは言えない廃屋《はいおく》のような小屋へと辿《たど》り着《つ》く。

バーバラは何食わぬ顔で中へと入った。

中は乾燥した草や魚やイモリがぶら下がっていたり、瓶詰めの目玉のような物が動いていたりと不気味この上ない空間が広がっている。

部屋に明かりはほとんどなく、破けた行灯《あんどん》から覗《のぞ》くロウソクが部屋の隅で揺れているだけだ。

怯《おび》えた様子のキョウコとは対照的に、興味深そうに瓶を突《つつ》いている修太郎。バーバラと怜蘭は奥にいるボロ切れを纏《まと》った老婆と話している。

「何か用かえ？」

濁った瞳で二人を見上げる老婆。

バーバラと怜蘭は顔を見合わせ、怜蘭が老婆に話しかける。

「死んだ友人が家にやってきた」

修太郎にはそう聞こえた。

老婆の表情が変わるのが分かる。

「何を言うかと思えば、そんな戯言《ざれごと》を……」

「胸のペンダントがなければきっと気付かなかった。彼には首がなかったから」

一見して噛《か》み合《あ》っていない二人の会話だったが、老婆が何かを悟ったように深くため息をつくと同時に、修太郎の視界の隅に『クエスト受注　呪《のろ》われたキレン墓地』というポップが浮かんだ。

老婆が語り出す。

「首なし公の仕業さ。墓守《はかもり》だった儂《わし》の息子も、変わり果てた姿で家の戸を叩《たた》いていったよ。奴が朽《く》ち果《は》てない限り、生者は死者となり、死者は首をとられ夜な夜な町を彷徨《さまよ》う——」

しばらく老婆が語った後、再び修太郎の視界の隅に『キレン墓地の鍵を入手しました』というポップが現れた。

今度は怜蘭が語り出す。

「これがキレン墓地の鍵を貰《もら》うためのクエスト導入。一応この家に住んでた息子の部屋に、アンデッド系の弱点を示唆《しさ》する手紙が落ちてるけど……」

「ん、ありがと怜蘭さん」

怜蘭を労《ねぎら》うバーバラ。

ちょうどその時、ラオからのメールが届いた。

「明日合流しようってさ」

皆にメール画面を見せながら、バーバラは修太郎に向き直る。

「修太郎君はそういう心配がないと判断したから言うけどね。ショウキチ達は今頃、先のエリアについての情報を必死に集めてると思う」

「先のエリア？」

「そ。カロア城下町周辺エリアに出てくるｍｏｂの性質やレベル、特効属性、特攻武器、正確な道、道中の罠《わな》、そして鍵入手クエストまで——あの子達は何も知らなかったから、ラオさんが気を遣って連れ出してくれたのよ」

攻略情報のほとんどを記事で収集している修太郎にも耳の痛い話だったが、バーバラはあくまでも〝姿勢〟に対してを言っていた。

この先情報だけが命を繋いでくれる。

その情報を自分の意志で知ろうとしない者は、この先きっと痛い目を見ることになる。ショウキチとケットルにはその危うさがあったのだ。

「これらの情報を自分の目と耳で集め、経験していくことで癖《くせ》がつくわ。自分で調べる癖がね。その癖を常に持って、慢心《まんしん》せず油断せず歩幅を合わせるのが、これから先は特に大切だから」

と、説明するバーバラ。

理解した修太郎も頷いた。

(ラオは過去の失敗を重ねて、余計にあの子達の力量や成熟度を測りたいのかもしれない――二度とあんなことを起こさないために)

心の中でそう呟く怜蘭。

気の緩みが死に直結するこの世界。特に少年少女の死亡率が異様に高いのは、ここに理由がある。

「次は武器屋でも行きませんか？　火属性が付与された矢をストックしておきたいです」

「ん、じゃあ行こっか」

キョウコの言葉にバーバラが頷く。

修太郎は今後黒騎士の形で攻略することになれば、ＮＰＣを用いた情報収集が鍵となることを学んだのだった。

「あ、僕はちょっと用事が」

「ん？　そっかそっか、なら最終集合場所はね――」

と、バーバラから集合場所を聞き三人を見送る修太郎。明日のエリア攻略に向け、一度ダンジョンに戻る必要があったからだ。

『デュラハンの事なら直接本人に聞けますね！』

『多分それをみんなに伝えても信じてもらえないかな。僕の固有スキルは話せないし』

『おお、なるほど！』

シルヴィアと会話交わしながら歩みを早める修太郎がプレイヤーとすれ違う――

「ログアウト、したくないですか？」

雑多な声が一瞬、静まり返ったような感覚に襲われた。

「え？」

停止した思考が再稼働《さいかどう》し、修太郎は数秒遅れですれ違った人物を探す――しかし声の主《ぬし》はすでに人混《ひとご》みに溶けた後で、修太郎は首を傾げながら再び足を進めた。

＊　＊　＊　＊

ロス・マオラ城——王の間。

深淵《しんえん》を囲うようにして置かれた椅子。

そこに座る魔王達は、いつになく落ち着きのない様子を見せている。

「召喚するメンバーと順番を決めたいんだ」

修太郎は魔王達にそう告げ、集めたのだ。

修太郎はいつものようにプニ夫《お》を抱いて束《つか》の間《ま》の癒《いや》しを得ている。魔王達の中でも、唯一召喚獣《しょうかんじゅう》としての椅子を勝ち取っている銀髪の美女《シルヴィア》だけは余裕の表情で静観していた。

とはいえ、次の召喚枠は竜の姿をとった黒髪の騎士《セオドール》と確定しているため、残すは実質あと三枠だ。

「どうした？　落ち着きがないな第二位よ」

「あら、貴方《あなた》こそ図体《ずうたい》の割に不安で震える小鹿のようだけど？」

罵《ののし》り合《あ》っているのは主《おも》に白い少女《バンピー》と髭の巨人《ガラス》で、執事服《エルロード》と金髪の騎士《バートランド》に浮き足立つ様子はない。

「あのね、三つ目の枠についてなんだけど……」

修太郎の言葉で罵《ののし》り合《あ》いがピタリと止《や》む。

主に二人からの熱い視線を受けながら、修太郎はプニ夫を優しく撫《な》でた。

「プニ夫にするつもりなんだ」

「妥当な人選だと考えます」

それを肯定するエルロード。

バンピーとガララスも納得して頷く。

修太郎は「黒騎士」の時に連れ歩いたメンバーを連想させないような、いわゆる人外的な形のメンバーで構成したいと考えている。なので狼になれるシルヴィアと黒竜になれるセオドール、そして元々人外で実力も申し分ないプニ夫の選出は妥当であった。

問題はその次――四つ目、五つ目の枠だ。

バンピーとガララスはその枠を狙っている。そんな様子をバートランドは楽しそうに眺めていた。

「とりあえず五つ目の枠は保留にして、四つ目を決めたんだけどね」

前傾姿勢で修太郎の言葉を待つ二人。

ひと呼吸置いたのち、修太郎が口を開いた。

＊　＊　＊　＊

ダンジョンコアの部屋――楽園レジウリア。

修太郎が魔王全員を連れ歩く姿はなによりもよく目立つ。仕事に勤《いそ》しむ住民達はその手を止め、道端《みちばた》で深々と頭を下げている。

修太郎は思わず苦笑いを浮かべた。

「どうにかならないかなこれ。恥ずかしいや」

やや暗い表情のバンピーが答える。

「王たる王の御前《ごぜん》ですから」

「……なんか怒ってる？」

「いえ、妾《わらわ》はいつも通りです」

バンピーとガララスが肩を落としている理由にも薄々気付いていた修太郎だったが、あえて聞かないよう努めながら目的の場所にたどり着く。

闘技場――

かつて民衆への見世物として場合によって死刑場としても用いられたソレとは違い、ある種スポーツのような感覚で剣闘士達が戦い合っている場所。参加するのは奴隷ではなく、単純な力自慢の者達である。

闘技場での掟《おきて》は一つ、「不殺」である。

殺さずに勝敗をつけるというのは得てして殺すよりも難しい。闘技場では血みどろの殺し合いではなく、力と技を競う試合が繰り広げられているのだ。

修太郎達が会場に入ると、割れんばかりの歓声と熱気が広がっていた。

「アイツは稽古を付けてやった時点で、主様《あるじさま》に恩を返すため自分は何をすべきかを模索して剣闘士になる事と決めてましたからね」

感慨深そうにバートランドが言う。

ふと、彼の方を見上げる修太郎。

会場内の光に照らされたバートランドの顔は、どこか嬉《うれ》しそうに見えた。

会場に聞《き》き心地《ごこち》のいい実況の声が響き渡る。

『挑戦者はハイリザード族の若頭ペリオン！　戦績は４９勝無敗と、今最も勢いのある新人剣闘士だ！』

「すごいや、こんな本格的なんだ」

熱狂する民衆達を眺めながら感激の声を上げる修太郎。中央にある石造りのリングに体表の赤い人型の蜥蜴《とかげ》が上がると、民衆の声援はより一層強くなっていく。

『そして対するは闘技場不動の頂点！　１３３０戦無敗の生ける伝説――アイアン!!』

会場のボルテージは最高潮に達する。

ゆっくりとした足取りでリングに上がったのは、かつて錆《さ》び付《つ》いた金属塊だった体が全盛期の輝きを取り戻し、より人型に近い形に変化したアイアンであった。

「四つ目の枠は、アイアンに決めてたんだ」

ハイリザードと激しい戦闘を繰り広げるその姿を見て、修太郎は改めて、自分の決意を揺るぎないものとしたのだった。

＊　＊　＊　＊

修太郎達がリングに上がると、会場内にどよめきの声が上がった。中には修太郎の姿を見て感極まり泣き出す者までいるほどで、日に日に神格化されている現状に修太郎は再び居心地《いごこち》の悪さを感じていた。

試合はアイアンの圧勝。

修太郎はまず労いの言葉を送る。

「強くなったんだね、アイアン」

無言で頷くアイアン。

今やレベルは78までに上がっており、修太郎は盾役《タンク》として申し分ないと感じていた。

（ここで自分を鍛《きた》え続けた彼ならきっと僕らの力になってくれる。あとはダンジョンの機能を使って進化を……）

しかし、修太郎が提案する前に待ったをかける者がいた――バートランドだ。

「足りねェな……」

ため息と共に項垂《うなだ》れるバートランド。

「すみません主様。俺ァやっぱり今のコイツを召喚獣として同行させるのは賛成できません」

そう言いながらアイアンに視線を向けた。

　あの日、暴走したアイアンを止めた修太郎は、彼の身柄を魔王達に預けた。そして主にガララスとバートランドがアイアンの面倒を見ていた——という背景がある。

「確かに、俺とガララスの旦那が稽古を付けた時よりも格段に強くなってはいる。教えた事も忠実に守っているし、今日まで最大限に自己研磨《けんま》していたことはよく分かる」

　ただ——と、バートランドは続ける。

「今のお前では、いくら魔王二人が同行するとはいえ主様のパーティメンバーとしてはまだ未熟すぎる。特にお前は盾役として直接的に主様をお守りしなければならない重要な役割を担う。ならその実力は俺達に勝るとも劣らないくらいじゃなきゃ、俺ァ託《たく》せない」

　厳しいように聞こえるかもしれない。

　しかし、この程度の実力でアイアンが修太郎の盾役として召喚獣になったとしてもいつかどこかで足を引っ張る事になる——アイアンの努力や想いが報われない日がきっと来る。

　バートランドはそれを心配していた。

　ある種親心のようなものを、この悲しい過去を背負うアイアンに覚えていたから。

　誰よりも彼の努力を傍《そば》で見てきたからこそ、〝親殺し〟という悲しい大罪を犯したアイアンが再び傷付くのを見ていられなかったのだ。

「主様に同行できないからといって弟子《でし》に当たるのはいただけんな」

「ちょ、旦那は黙っててくれ！」

　ガララスに冷やかされながらも、真剣な表情でアイアンに語りかけたバートランド。そしてアイアンもまた思うところがあるようで、その言葉に大きく頷いてみせた。

「そうかなぁ。もう十分だと思うんだけど」

困ったような笑みを浮かべる修太郎。

プレイヤー基準で考えれば、レベル７０に到達した盾役など皆無である。現在の最前線で戦う上では十分すぎるほどの強さだ。

「俺も主様の考えを否定するつもりはありません。ただ次の召喚がセオドールの旦那で、次の召喚がプニ夫の旦那なら、こいつの出番までまだ時間があるでしょう」

するとシルヴィアが口を開いた。

「なら私の世界で玉座を取るっていうのを同行可能の条件にしたらどうだ？」

何気ない一言——しかし魔王達の顔色が明らかに変わる。

「おいおい、消えてなくなるぞ」

「それはちょっとなァ……」

動揺した様子で擁護《ようご》するガラテスとバートランド。二人だけでなく、バンピーやセオドールの表情も明らかに強張《こわば》っているのが分かる。

（シルヴィアの世界……どんな場所なんだろ）

修太郎の脳内には、何もない荒野にアンデッドが徘徊するバンピーの世界と、豊かな自然に囲まれ少数のエルフ族が住むバートランドの世界の風景が再生されていた。

アイアンは強い意志で頷く。

鋭い視線を送るのはエルロードだ。

「本人が了承したなら我々外野がとやかく言う権利はないでしょう」

「でも姉御の世界って言ったら――――！」

焦るバートランドに、エルロードが厳しい視線を向ける。

「貴方が言ったのですよ？　主様が条件を満たすまでの間にアイアンには我々と同程度まで強くなってもらう必要があると。たとえ闘技場で何勝しようとも、何年経とうが我々の領域にはたどり着かない。その点、シルヴィアの世界ならば可能性はあります」

その言葉にバートランドは押し黙る。

アイアンに向き直ると、諭すように言った。

「今の会話で分かっただろうけど、今から行こうとしている世界はそういう場所だ。強くなる希望はあっても、それ以上にそこは絶望に溢れている。それでも行くのか？」

変わらず力強く頷くアイアン。

バートランドは深くため息を吐《っ》いた。

＊　＊　＊　＊

一行はシルヴィアの世界に向かっていた。

メンバーは警備のため城内に残ったエルロードとガララスが抜け、代わりにアイアンが加わっている。

「シルヴィアの世界って、こう、狼とかが沢山《たくさん》いる森みたいなのを想像してるんだけど」

隣を歩くバンピーに耳打ちする修太郎。

バンピーは複雑な表情でそれに答える。

「確かにそういう場所もありますが、今から行こうとしている場所は主様が想像されている様相とはかけ離れた世界です。端的《たんてき》に言えば、妾の世界よりも過酷で恐ろしい世界です」

バンピーの言葉に生唾《なまつば》を飲む修太郎。

全てが死に絶えたバンピーの世界よりも更に過酷となれば、想像するは〝地獄〟のような世界。そして、そんな世界にアイアンは行こうとしている――修太郎の脈拍が上がる。

「着きました」

先頭を行くシルヴィアが立ち止まる。

それまで黒のもやに包まれていた視界が一気に晴れたような感覚の後、目の前に巨大な分厚い門と〝闇〟がずっと続いているだけの空間が広がっていた。

門の風貌《ふうぼう》はアリストラスのそれに酷似している――が、あまりに無骨、あまりに不気味。

「この暗い空間って……」

修太郎がその〝闇〟に触れてみる。

それは不思議な感覚で、触っている感覚はないのにその手が闇の先に伸びることはない。抵抗を感じないのに入れない。

まるで無意識下に自分が〝入るのを拒んでいる〟かのような、もどかしい気持ちよりも恐ろしい気持ちが勝《まさ》り、修太郎は手を引っ込める。

「門をくぐらなければ入れません。求めなければ開きません。中を見ることもできませんし、中から出ることもできません」

淡々と説明するシルヴィア。

扉には人の目線辺りに小さな穴が空いている以外、特別な装飾も何もない。一行がその穴の前まで来るとシルヴィアはあっけらかんとした様子で穴を指差し言う。

「ここを開けるためには、自分の片目を穴に入れる必要があります」

「!?」

腰が抜けたように修太郎が尻餅《しりもち》をつく。

さらりととんでもない発言が飛び出したから。

「片目って、冗談だよね？」

「それしか開ける方法はありません」

前髪に隠れていた片目を見せるシルヴィア。

そこには鋭い爪痕《つめあと》が生々しく残っており、しかし彼女の美しい青色の瞳がある。

「私は一度玉座に座っているので片目も返ってきました。アイアンも玉座に座れば目は元に戻ります」

不敵に笑うシルヴィア。

修太郎はアイアンを見る。

「でもアイアンの目は一つしかないよ！」

今は青色となっているアイアンの目は、修太郎が言うように一箇所しかない。過酷であると言われているその場所に失明した状態で挑まなければならないのだ。

メギョ！　と、嫌な音がした。

見ればアイアンの瞳があった場所はひしゃげたように陥没しており、その手には火花を散らして青の瞳が握られていた。

「なっ……！」

「主様、これが奴の覚悟です。ここはどうか行かせてやってください」

激しく動揺する修太郎の視界を覆うように片手で待ったをかけるバートランド。門の前ではアイアンが手探りでそれを穴へとはめ込んだ。

リォオオオン！！！

電子音とも鐘とも違う不気味な音が響く。

すると門に血液が巡ったように赤色の何かが駆け巡ると、轟音《ごうおん》を立てて開いてゆき、一行はその中を初めて見る事になる。

「ご心配なく。一度玉座についた私なら自由な往来が可能ですから、アイアンを死なせはしません」

「そっか。なら、安心だね」

シルヴィアの言葉に安堵《あんど》しつつ、修太郎は再び門の中へと視線を向けた。

黒のもやが漂う、切り崩した山に無造作に墓標《ぼひょう》が刺さっているような異質な空間。

その先に黒のフードを被《かぶ》ったローブの集団が見えた。胸の前で剣を上に向けるように構えながら蠢《うごめ》いている。

「玉座に座る――というのは、名前も素性《すじょう》も全て消した〝無名の戦士〟を倒し続けるということ。この門を抜けた瞬間からお前は同じ姿形となり名前や自分が何者であるかも忘れる」

赤い光に照らされたシルヴィアが語る。

彼女はその光景を、どこか懐かしむように眺めていた。


〝無名の戦士〟


かつては名だたる剣豪や貴族や冒険者だったり、熊のような魔物だったり、名工が打った戦《せん》斧《ぷ》だったり――それらがひたすら〝強さ〟を求めた果てにあるのがこの世界である。

この世界では皆等しく無名の戦士となる。

ここにあるのは果てしない〝闘い〟のみ。

それを超えられるのは鋼の〝信念〟だけ。

信念のない者、折れた者はたちどころに塵《ちり》となる――そしてそれら全ての〝信念〟を打ち砕き、勝ち残った者のみが玉座に座れる。

怪しく光る瞳がローブの奥で揺れている。

ローブ達はシルヴィアとアイアンを赤い瞳で捉え、言葉にならない唸《うな》り声《ごえ》をそこかしこで上げる。喧々囂々《けんけんごうごう》としたそれらを見た修太郎はローブ達がまるで怨霊《おんりょう》か何かのように思えた。

「アイアン……」

地獄のようなその場所に、光を失ったアイアンが旅立とうとしている。修太郎は彼のため目一杯頭を使って掛ける言葉を考えた——

『主様に恩を返すため自分は何をすべきかを模索して剣闘士になる事と決めてましたからね』

『主様、これが奴の覚悟です。ここはどうか行かせてやってください』

バートランドの言葉を思い出す。

修太郎はしっかりとアイアンを見据えた。


「待ってる」

その声が届いたか否《いな》か——門が音を立てて閉じると同時に、辺りは再び静寂に包まれた。

* * * *

翌朝——楽園レジウリア。

噴水広場のベンチに、修太郎とバートランドが並んで腰掛けた。バートランドは煙草《たばこ》を吸い、ふぅと深く息を吐いた。

「シルヴィアの姉御が付き添うなら案外すんなり強くなってくるかもしれないですね」

球遊びをする子供達を眺めながら、バートランドが語り出す。

バートランドは自分でも気付いていた。

最初は主のためにアイアンを仕方なく鍛えた。無礼がないように、また親殺しなんて罪を意識すらさせないように、不穏な動きがあれば即座に処分するつもりだった。

気付けば〝主のため〟は建前となりアイアンのために修行に付き合っていた自分がいたからだ。

「大丈夫、バートの弟子だもん」

プニ夫を撫でながら修太郎が言う。

修太郎の方へ顔を向けるバートランド。

「だって、バートに教わった剣術や体捌《たいさば》きで、僕まだ負けたことないから。アイアンだって闘技場でも無敗だったもんね」

ベンチから降りた修太郎。

視線を闘技場の方へと向けた。

「アイアンの修行相手にバートを選んで良かったと思ってる」

「え?」

「だって、僕はあんな過酷な場所にアイアンを送ることに不安しか感じなかったけど、バートは心配こそしてたけど、最後は信じて後押ししてたじゃない？」

柔らかな笑みを浮かべる修太郎。

「信じて送り出してくれた師匠には、意地でも帰って頑張ったよって報告したいもんね。あの世界で重要なのが〝信念〟なら、きっと今のアイアンは誰よりも〝強い〟もん」

修太郎の言葉で呆気《あっけ》に取られるバートランドだったが、ごちん……と、拳《こぶし》に額《ひたい》を押し付けるように俯《うつむ》くと、こみ上げる何かを抑えて笑みを作った。

「そうですかね」

「うん。きっと」

以降、二人は会話を交《か》わさなかった。

無邪気に遊ぶ子供の声と、噴水から出た水の音だけが響いていた。

＊　＊　＊　＊

王の間に集まる修太郎と魔王達。

そこにはシルヴィアの姿もある。

「アイアンはどんな様子？」

前のめりにそう尋ねる修太郎。

「最初こそ一戦終わるごとに虫の息でしたが、今はそれも安定しています。玉座に座るためには何をすべきかは向こうで一年間教え続けました。後は奴の精神力次第です」

シルヴィアの回答に驚きながらも安堵する修太郎。

修太郎がバートランドの方へと視線を向けると、ホッと胸を撫で下ろす彼の姿があった。

(一晩しか経ってないのに、シルヴィア《あっち》の世界だと一年も経過してるんだ……)

修太郎は改めて世界加速機能の凄《すさ》まじさを実感しながら、今度はセオドールに視線を移した。

「シルヴィアも戻ってることだし、そろそろカロア《あっち》に戻ろうと思う。そしたら次の召喚でセオドールを呼ぶから準備しておいてね」

「承知した」

セオドールは力強く頷くと、おもむろにバートランドの方へ歩いてゆき、何かを渡す仕草をする。

「旦那、これは?」

「制覇祝《せいはいわ》いだ。アイアン《あいつ》のな。お前の手から渡してやれ」

それは銀色の鎧《よろい》だった。

聖騎士を彷彿《ほうふつ》とさせる美しい彫刻と、金色で縁取った赤の腰マント。鷹《たか》を模《も》した甲冑《かっちゅう》。いわゆる全身鎧《フルプレートアーマー》だ。

しばらくそれを見つめるバートランド。

柔らかな笑みを浮かべ、力強く受け取った。

「必ず」

セオドールもまた満足そうに頷いた。

残りの魔王達に視線を向ける修太郎。

傍にシルヴィアとセオドールを従えて。

「じゃあみんな、留守をよろしくね」

エルロード、バンピー、ガラス、バートランドは同時に膝《ひざ》をつき、頭《こうべ》を垂れた。

「いってらっしゃいませ——我が主様」

そして闇に溶けるように、修太郎達の姿が消えた。

Chapter03: 第3話

The unimple
mented
end-stage enemys
have joined us!

サンドラス甲鉄城《こうてつじょう》——

荒野にひっそり佇《たたず》む巨大要塞《ようさい》。

その規模は大都市アリストラスに勝るとも劣らない。強固《きょうこ》な機械仕掛けの外壁は異質の一言に尽きる。

そして攻略勢の最前線拠点《きょてん》でもある。

そんな甲鉄城内にどよめきが起こった。

「紋章《もんしょう》ギルドだ……」

エマロの町から出発した精鋭部隊が到着した。

今や名実ともに最大規模となったギルド。

遂《つい》に最前線に合流したのか——？

そんな声がちらほらと上がっている。

ブリキにも似た銅色《あかがねいろ》の建物に囲まれた城内で先頭集団が立ち止まる。カツンカツンと踵《かかと》の音を響かせ、ワタルが前へと現れた。

「皆さんお疲れ様でした。宿屋は手配してありますから今日はしっかり休んでください」

それでは解散！　と、しめくくるワタル。

メンバー達はガヤガヤと雑談しながら散っていき、その場にはワタルとアルバ、そしてミサキと誠《マコト》が残った。

「ギルドマスター同士の会議が……」

「なら僕は……」

と、しばらくやり取りした後、ワタルとアルバは何処《どこ》かへと歩いて行った。残されたのはミサキと誠だけとなる。

「俺はうまいもん探しでも行ってくるけど、ミサキさんはどうする？」

右手にジョッキ、左手に串を持つような仕草をしてみせる誠。ミサキは申し訳なさそうに首を振った。

「ごめんなさい。ちょっと行きたい場所があるので……」

「全然全然！　んならまた明日な」

ちゃんと寝ろよ！　と言い残し、繁華街の方へと消えてゆく誠。見抜かれてるなぁと苦笑いするミサキ。

マップを開き、しばらくじっと眺める。

「ここにもいない……か」

恩人を意味する色。

紫色はここでも確認できなかった。

最前線なら或《ある》いは——と、期待していただけにかなり落ち込むミサキ。

敵を倒すたび、
エリアを踏破《とうは》するたび、
誰かに認められるたびに思い出す恩人の顔。

「どこですか。修太郎《しゅうたろう》さん」

寂しそうな顔でそう呟《つぶや》きながら指でマップをなぞるミサキ。恩人の背中は未《いま》だ遠く、そしてその姿も見えないままである。

しばらく立ち止まっていたミサキは踵《きびす》を返し、訓練場の方向へと歩き始めたのだった。

＊　＊　＊　＊

サンドラス甲鉄城冒険者ギルド。

各町に存在するＮＰＣ《現地民》運営のギルドである。

内部は他のギルドとさほど代わり映えせず、荒くれ者の酒場といった風景。そんなギルドの奥のテーブル、広い丸型テーブルにワタルとアルバはいた。

円卓を囲うように座る七人のプレイヤー達。

目の前には豪華な料理が並び、南の位置に座るワタル達の対面——北の位置に座る二人組だけが、すでに食事へと手を付けていた。

「よお。長旅お疲れ様」

そう発したのは北の位置に座る一人。

癖《くせ》のある黒髪と赤い瞳の男。

動物で形容するなら蛇といった所か。

冷たい目、そして声の持《も》ち主《ぬし》。

隣に座る男は豪快に食事を続けている。

彫りの深い美男子。胸から肩にかけて太陽を模《も》したサモア系のトライバルタトゥーが彫られており、見た目から暴力的な印象を受ける。


八岐《ヤマタ》。


在籍プレイヤー70名程で構成された戦闘集団で、元々はPvPメインで活動していた対人戦専門のギルドだ。

特徴的なのは八人の精鋭から成る幹部達。

ギルドの意向により、幹部八席を奪い合うため頻繁《ひんぱん》に一対一の「順位入れ替え《シャッフル》死闘《デスマッチ》」が行われていたが、デスゲーム化した現在でもその伝統は継続されている。

幹部はその時々の最強達が席につき、驚くべきことにその中にはギルドマスターをも含まれる――つまり、現在ギルドマスターを名乗っている者こそ八岐の最強プレイヤーということになる。

癖のある黒髪がマスターのHiiiive《ハイヴ》。

タトゥーの男がサブマスターのアランだ。

続いて動きを見せたのは東側に座る二人。

「今朝エマロから出発したと聞きましたが、ずいぶんハイペースで移動されたんですね」

落ち着きのある声が響く。

白のローブに身を包んだ白髪《はくはつ》の男性。

見た目は30代後半くらいだろうか。自信に溢《あふ》れるような笑みを浮かべている。

隣には同じ衣装の女性が座っていた。

10代後半くらいの黒髪美人。

女性は目を伏せ、何も発しない。

aegis《イージス》

鎧という制服で意識を統一する紋章と同じく、白のローブを制服とするギルド。クエスト攻略、エリア攻略、ボス攻略など効率重視のプレイを好むプレイヤーが多く在籍する。

白髪男性がマスターの白門《シロカド》。

目を伏せている女性が松《マツ》といった。

目を伏せている——という点では西側に座る女性も同じか。ただ、彼女に関しては顔まで塞ぎ込み、その造形を形容することはできなかった。

「では顔合わせということで、もう食べてる方もいらっしゃいますが乾杯でもしましょうか」

そう切り出すシロカド。

ハイヴが不服そうに睨《にら》み付《つ》けた。

「なんでお前が仕切るんだよ」

「貴方《あなた》じゃ適当に終わらせて解散でしょう？」

黙り込むハイヴ。

沈黙を肯定ととったシロカド。

にこやかな笑顔のままグラスを掲げる。

「では、紋章ギルド合流を祝して——乾杯」

険悪そうな雰囲気で始まった最前線ギルドのマスター達による顔合わせ。事実、ここにいるプレイヤーが、現段階において３５万人の命運を握っていると言っても過言ではない。

アルバは静かに憤《いきどお》っていた。

彼等が最前線攻略を優先し、アリストラス救援要請を無視したことについてだ。

(どちらも大切なのは理解できる)

もちろん彼等を全て否定はできない。

なぜならエリア攻略は結果として「ゲームからの脱出」へ繋《つな》がる可能性が高いから。そして、攻略にも大きな危険が伴うからだ。

（しかし３５万人の命と天秤《てんびん》にかけたら多少の遅れなど……）

アルバにはそれが理解できなかった。

最前線では大きな利益が得られるのもまた事実で、実際アリストラスの非戦闘民を見限ったプレイヤーの多くは自分へのアドバンテージを優先している。これまではあまりゲームをする方ではなかったアルバだが、この世界に来て――デスゲームに巻き込まれてからはレベルや装備やアイテムの重要性にも一定の理解がある。

強い武器は先を切り開く力となる。

強い防具は未知の脅威から守ってくれる。

売れば大金、自由に暮らせるだろう。

お金があれば解決できることも多い。

しかし、人の命より優先されるべきことではないと思っていた。だから異質だったのだ――悪びれもせず、悠々と食事をする彼等が。

「黄昏《たそがれ》のマスターは欠席ですか？」

そんなアルバとは対照的に、ワタルは気にしていないような素振りで西側に座るプレイヤーに声を掛けていた。

西側には一人の女性が座っている。

不安げな表情が印象的な青髪の女性。

２０代前半くらいだろうか。

ワタルに話しかけられ、目を泳がせる。

「マスターは……その、体調が優れなくて」

と、またもや塞ぎがちにそう答えた。

マスターとサブマスター二人での参加を要請されたこの場にいて、先ほどの口ぶりから彼女が〝サブマスター〟であることは分かる。

その会話を聞いてか、アランがゲラゲラと笑い出した。ワタルは不思議そうに首を傾《かし》げている。

コホンと咳払《せきばら》いをするシロカド。

その視線はワタルに向けられている。

「ワタルさん。僕の知る所、ここにはすでに紋章の精鋭が何名か前乗りしてるそうですね」

「はい。うちの№３含めた１０人ですね」

今回ワタル達が引っ張ってきた精鋭とは別に、参謀であるフラメ率いる精鋭の先発組は既にサンドラスに前乗りしていた。

シロカドが困ったように笑う。

「流石《さすが》は最大規模ギルド。一気にパワーバランスがひっくり返りますね」

それを聞いたアルバはシロカドの言葉に引っ掛かりを覚えた。が、口にすれば非難する言葉《いらないこと》まで出してしまいそうで、口を真一文字《まいちもんじ》に結んだ。

　そうそう、と、続けるシロカド。

「最前線の攻略進捗《しんちょく》ですが、我々はセルー地下迷宮の第３ボスまで攻略済みです」

　ワタルとアルバは攻略進捗に耳を傾けた。

　セルー地下迷宮。

　シオラ大塔の次の攻略エリアであり、精霊の祈りによって阻まれているソーン鉱山の前のエリアである。修太郎とエルロードが「鍵がない」ということで断念した場所でもある。

「迷宮は恐らく過去最大級の広さですね。出現ｍｏｂには４０もチラホラ出始めました。第１ボスは平均３５程度のパーティで十分倒せましたけどね」

「ｍｏｂの属性は？」

「今回はなぜか統一感がないんですよね。一番多いのは火属性ですかね。まぁ行けばわかります」

　まだ情報を持っていることは明白だったが、ワタルは深く聞こうとはしなかった。そしてワタルはようやく本題に話を移す。

「非戦闘プレイヤーはしっかり保護しました。完璧とはいえませんが、後ろを気にする心配は減ったと思います」

　ワタルの言葉に皆が耳を傾けている。

「侵攻《しんこう》への援軍の件をとやかくいうつもりはありません。ただ、少しでも後ろめたさがあるなら、僕の提案をぜひ受け入れてほしい」

ひと呼吸置き、そして——

「この四つの攻略ギルドを一つにしたい。ゲームだった頃のような競争を終わりにしたい」

遊びの範疇《はんちゅう》はとっくに超えている。

誰が先だ何を取ったなんて問題はこの際どうでもいい。一刻も早い脱出を願うのであれば、力や情報の独占などせずに一丸となろうではないか——ワタルの主張はそういう内容である。

しばらくの沈黙の後、ハイヴが口を開いた。

「協力はする、雇われも大歓迎。ただそれ以外はお断りだ」

ガラッと席を立つハイヴ。

アランは退屈そうに椅子から立ち上がった。

ミシ、と、アルバの鎧が音を立てた。

ワタルは顔色ひとつ変えずに尋《たず》ねる。

「なぜ？」

「目指すものが同じでも、必ずしも意見が合うわけじゃないからな。特にうちは特殊だし。混ぜるな危険ってこと」

そんな答えにもなっていない言葉を返答としたハイヴは、手をひらひらさせながらその場から去ってゆく。アランも一言「ごっそさん」と呟き、ギルドから退出した。

出口を睨《にら》みつけるアルバ。

ワタルは予想していたのか、冷静な様子で今度はシロカドを見た。

「aegis《貴方がた》は？」

再びの沈黙――

そしてシロカドは小さく微笑《ほほえ》んだ。

＊　＊　＊　＊

四人がいた席を見つめながら首を振るアルバ。

「この期に及んでまだ競争気分か」

「仕方ないですよ。僕達は彼等に提供できるものが何もないですから」

いさめるように言うワタルが続ける。

「非戦闘民の保護を優先するギルドもいれば、最前線で脱出の糸口を探るギルドもあっていいと思います。先ほど八岐のマスターが言ったように〝混ぜるな危険〟というのも、あながち間違ってないと思います」

ワタルの言葉に、アルバは諦めたようにため息を吐《つ》いた。

引きこもり勢からすれば、アリストラスを守った紋章は希望であり、逆に最前線組は自分たちを見捨てた薄情な連中である。

しかし、一刻も早く現実に帰らなければならないという事情を抱えた者も少なくない。独り立ちできない者を構っていてはゲームクリアなどいつになるか分からないのも事実。

結局、八岐もaegisもギルド合併にはNOということだった。

「未だ先は見えていないというのに……」

何をもってしてクリアなのかも手掛かりがなく、クリアした所で脱出できるのかすら分かっていない中で、資源を奪い合い競い合うのは無駄だと考えるアルバ。

有益な情報もほとんど得られなかった。

結局自分達でどうにかするしかないのかと、アルバはうんざりした様子で再びため息を吐く。

「あの、さっきの合併についてなんですけど……」

ずっと黙っていた黄昏のサブマスターがおずおずと手を挙げる。機嫌を損ねているアルバが怖い顔で振り返ると、女性は短い悲鳴と共に手を下ろした。

「ああ、申し訳ない」

慌てて取り繕うアルバ。

女性は怯《おび》えながら再び口を開いた。

「私達的には正直……合併したいです」

「！　本当か!?」

喜ぶアルバに、ひきつった顔で頷《うなず》く女性。

女性は俯《うつむ》きがちに「ただ……」と呟く。

「さきほどは体調不良と説明しましたが、うちのマスターが塞ぎ込んでから結構経《た》ちます。今の私達はギルドとしてほとんど機能してなくて力になれるかどうか……」

〝黄昏《たそがれ》の冒険者《ぼうけんしゃ》〟

一時期は紋章に次ぐ大規模ギルドにまで成長しており、βテスト時代は比較的ライトなプレイヤーが好んで所属していた印象が強い。それだけギルドの雰囲気が評価されていたのかもしれない。

彼女は黄昏の冒険者の新サブマスター。

名前をＫａｇｏｎｅ《カゴネ》といった。

有名プレイヤーも多く所属していた時代もあり、特に有名だったのがギルドマスターだ。

「シオラ大塔での一件は我々も認知してます。黄昏から抜けたプレイヤーの何人かは現在うちに所属してます」

ワタルが同情する様にそう言った。

カゴネは小さく頷き、唇を噛《か》んだ。

「あの一件以来、主軸だったプレイヤーが死亡・脱退したのを皮切りに、マスターは責任を感じて宿屋に籠《こも》るようになり徐々に統率が取れなくなっていきました。メンバー達は他の攻略ギルドに移籍していきました」

かつて大きく賑《にぎ》わっていた黄昏の冒険者だが、人数も激減し今は活動休止中の小規模ギルドになっているという。

「情けない話ですが、今は我々のマスターに元気を取り戻してもらうことが先決です。合併の話はそれからでもいいでしょうか？」

カゴネの言葉に、アルバは力なく頷いた。

合併は望み薄だと確信したからだった。

＊　＊　＊　＊

機械の兵士が闊歩《かっぽ》している。

石造の道に鎧の擦れる音が響く。

しばらく無言で歩いていたワタルとアルバ。

アルバは先程の会話を思い出しながら、口を開く。

「戦場から離れたプレイヤーの再興か」

前例がないわけではない――とはいえ、ある種トラウマにも似た状態の人間を呼び戻すことなどできるのだろうか。

「かつての恋人を失った男も、武器を持つことすらできない重度のトラウマになったと聞く」

アルバは沢山《たくさん》ある中の例を挙げた。

ワタルは複雑そうに頷いてみせる。

「一度会ってみないと分かりませんが、ギルドメンバーからの説得でも回復しなかったのなら、部外者の我々にできることなんてほんの僅《わず》かです」

そう言いながらワタルは足を止めた。

夕日に照らされたそこは宿屋だった。

二人が宿屋に入るタイミングで、ちょうど出てくるプレイヤー達と遭遇する。

「おっと」

「！」

八岐の二人組がそこにいた。

ハイヴは何かを察した様に「あぁ」と呟く。

アルバとアランが睨み合う形で立った。

見る人が見れば一触即発の様子である。

「お前らも〝目無し〟に用事か？」

目の端をトントンとしながら笑みを浮かべるアラン。

「目無し？」

「能力を失った千里眼だよ」

明らかな蔑称《べっしょう》に睨みを利《き》かせるアルバ。

アランは全く気にしてない様子で続ける。

「あのスキルは別格だからな。システムプロテクトさえなければ引きずり出してでもエリアに連れて行くのになぁ」

「目的のためなら手段は選ばないと？」

不愉快そうにアルバが唸《うな》る。

アランもまた睨み返していた。

「手段……？　手段なんざ選んでたらいつまで経っても脱出なんてできねえよ。俺ぁ早く出たいんだよ。邪魔すんな」

ハイヴは「やめとけアラン」と諌《いさ》め、面倒そうに頭を掻《か》いた。そしてワタルの方へ視線を向け、続ける。

「行っても無駄足になると思うぞ」

ハイ《彼》ヴなりの善意であった。

それほどまでに彼女の状態は悪い。

ハイヴはここでワタルの瞳を初めて見た。

「！」

今まで色んな人と会ってきた。

顔を突き合わせれば相手が何を考えているのか、自分をどう思っているのかが分かる――と、ハイヴはそう自負している。

ベテラン刑事さながらの嗅覚というべきか。

目を見れば、自分に対する恐れだったり嫉妬だったり憧れだったり期待だったりと、秘めたる感情は人それぞれだが読み取ることができる。

　しかしこの青年、ワタルにはソレがない。

ない――違う、読めないのだ。

（ただのいい子ちゃんじゃねぇな）

　ワタルへの認識を改めるハイヴ。

　当の本人はどこ吹く風と笑顔を見せる。

「それは一度会ってみて判断します」

　そう返すワタル。

　ハイヴは興味を失ったようにワタル達の間を抜け、手をヒラヒラとさせた。

「あそ。んじゃあな」

　そう言って八岐の二人は人混《ひとご》みの中に消えていった。アルバはしばらく二人を目で追っていたが、ワタルはさっさと中へ入っていった――

　ワタルが扉を叩《たた》くと、中からは驚くほど元気な声で「開いてるよ」と返事があった。他の引《ひ》き籠《こ》もりプレイヤーと全く違う反応に一瞬戸惑うも、そのまま扉を開けて中へと入った。

　部屋の中は非常に綺麗《きれい》だった。

　美しい、という意味ではない。

　何もないのである。

　窓から差し込む僅かな光に照らされ、部屋の奥に座る一人の女性が見えた。ボサ髪で隠れて顔は分からないが、名前には白蓮《ビャクレン》とあった。

黄昏の冒険者マスター　白蓮。

彼女はワタルの様に特別強いわけでも、ゲームに詳しいわけでもなかった。ただ純粋なゲームへの好奇心でプレイを始め、その人柄に惹《ひ》かれ自然と人が集まった。

ダブグレーのロングヘア。

かつては責任感の強い姉御肌だったと聞く。

顔を上げた白蓮は意外そうな顔を見せた。

「ワタルにアルバじゃん。珍しいね」

嬉《うれ》しそうに微笑《ほほえ》む白蓮。

一見して元気そうではあるが、アルバはむしろ普通に振る舞うその姿に「底知れぬ闇」を感じ寒気《さむけ》を覚えていた。

「ここへはいつ？」

「今日着いたばかりです」

ワタルの返答に「そか」と呟く白蓮。

「塞ぎ込んでると聞きましたよ？」

「カゴネかぁー」

あちゃーと、額《ひたい》に手を当てる白蓮。

ワタルは、普通に応対する白蓮の状態がそこまで悪いようには思えなかった。

それからしばらく三人は昔話に花を咲かせてゆく。

屈託のない笑顔。

冗談混じりの話し口調《くちょう》。

二人が過去知っていた白蓮のソレだ。

しばらく談笑したのち、アルバが言いづらそうに語り出す。

「――大規模侵攻のことは気にしなくていい。被害も最小限で抑えられた。今アリストラスは世界で最も安全な町になってる」

白蓮からフッと笑顔が消えた。

壁にもたれかかり、天井を見ている。

空気の変化に気付く二人。

白蓮は天井を見つめたまま口を開いた。

「ごめんね。私達も駆け付けるつもりだったんだ。本当さ？　ただタイミング悪くエリア攻略の最中でね」

それを聞いたワタルが頷く。

「最前線組の中で、最も早くシオラ大塔攻略に挑んだと聞いてます。途中退出による損失を考えると進む選択をした皆さんを我々は否定はできません」

エリア攻略には多額の金が掛かる。

挑戦するメンバー全員に万が一のことがないよう適正の装備を揃《そろ》える必要があるし、全員分の消費アイテムを揃えるにも馬鹿にならない金が掛かる。

特に〝攻略するつもりで挑んだ〟状況において途中退出はできる限り避けたい手段であった——最前線かつ未攻略エリアともなれば、万全に万全を期したアイテム群を揃える必要があるのだから。

それに対し何の反応も示さない白蓮。

気を遣ったアルバがさらに続ける。

「侵攻の件で後ろめたさを感じているなら、心配には及ばないと伝えたかった。あの日、お前からの連絡には……その、色々思うところがあったからな」

言葉を濁すように、最後は呟き声になりながらもそう伝えたアルバ。しかし、先ほどまでとは打って変わって、白蓮は電池が切れたように全く動かなくなっていた。

「12人」

「?」

ポツリ、と、白蓮が呟く。

「私の判断のせいで12人が死んだ。今でも、今でも思うよ……あの時ああしてたらとか、これに気付いていればとかさ」

脈絡なく話し始める白蓮に対し「何を言い出すんだ……?」と、たじろぐアルバ。

壊れたラジオのように、彼女の言葉は止まらない。

「でももう無理じゃん？　帰ってこないじゃん。割り切れないよ。忘れられないよ。私はそんなに強くない！　だって！　私達はただのフツーの……！」

そこまで言いかけて、彼女は言葉を飲み込んだ。

『私は内気な自分を変えるために！』

『私は家庭が終わってるからさ……』

『私は退屈な日常を変えたくて』

『私は皆と一緒ならどこまでも』

友人たちとの誓いが脳内を駆け巡る。

乾いた笑いが宿屋に悲しく響く。

肩を落としたように俯《うつむ》く白蓮。

「……昔あった黄昏の冒険者はもう解散だよ。カゴネ達はまだ私を必要としてくれてるけど、私はもう進むつもりがない。気力がない。資格もない。二人も私の〝スキル〟目当てで来たんだろうけど――そういう事だから、悪いね」

そう言って彼女は再び沈黙し、とうとう二人の声にも返答しなくなってしまった。

「…………」

ワタルはアルバに目配せし、二人は部屋から立ち去った。しばらく静寂に包まれる部屋の中で、白蓮は膝《ひざ》に顔を埋《うず》めて動かなくなった。

＊　＊　＊　＊

酒場に現れた黒装束のプレイヤーに、席で待っていたアルバが手を挙げた。

「ご苦労様。どんな感じだ？」

「どうもこうも、デザインが最悪です」

「いや、服の話ではなくてだな」

愚痴《ぐち》をこぼしながら席に座る黒装束。

鬱陶《うっとう》しそうに頭装備を取ると、そこには眼鏡《めがね》をかけた美女の姿があった。

「斥候《せっこう》に転職したいと聞かなかったのはフラメだろう？」

「役割的には不満ないですよ。でも装備は別。前職の装備は可愛《かわい》いのが多かったんですよ」

「それは知らん」

ああそうですかと半ば怒りながら酒を頼むフラメ。二人の酒が届くと、ジョッキを合わせて乾杯をした。

酒場は眠らない――平和で賑やかなＮＰＣ達の声は、時に辛《つら》い現実を和らげてくれる。それこそアリストラスの酒場には絶望に打ちひしがれやけ酒するプレイヤーの姿が多く見られた。

賑わう男達の声を聞きながら、黙って酒を飲む二人。しばらくしてアルバが口を開く。

「調査はどうだ？　危ない場面はないか？」

体調はどうか？

仕事は辛くないか？

心配そうにそう尋ねるアルバ。

「ちょ、私のお父さんですか？　大丈夫です、一人で行動もしてませんし」

ぶつくさと文句を言いながらつまみを食べるフラメ。そんな彼女の様子にどこか安堵《あんど》するアルバだった。

「むぐ……報告内容としては罠《わな》の配置図と敵の配置図は概《おおむ》ね完成しました。ボス情報と導入クエストを纏《まと》めつつ、消費アイテムを添付して追加３０人にメール送れるよう手配済みです」

「流石だ。なら明日から攻略開始で予定変わりなく進められそうだな」

「ふふふ。結構頑張りましたよ」

「そのようだ。今日は浴びるほど飲んでくれ」

和やかなムードで酒も進む。

「黄昏の冒険者——というか、白蓮について何か知っていることはないか？」

フラメはピクリと反応し、手を止める。

「……部屋行きました？」

確実に何かを知っている様子のフラメ。

アルバは特に気にせず続ける。

「ああ。顔合わせの後にワタルとな」

そうですか、とフラメ。

「侵攻の件で紋章には後ろめたい気持ちが少なからずあるはずでしょうから、それでも出てこないならきっとこの先も難しいと思いますよ」

そう言いながらフラメは酒を飲み干した。

追加を注文しつつ、さらに続ける。

「聞いたところによれば——」

＊　＊　＊　＊

真っ暗な部屋の中、白蓮は昔のことを思い出していた。

ワタルとアルバには悪いことをしたと悔やみつつ、しかしどうすることもできないと自分を正当化する。そうやって「自分は可哀想《かわいそう》な奴《やつ》」だと無意識に甘えてしまう自分にほとほと嫌気がさした。

テリア。ラオ。怜蘭《レイラン》。春《はる》カナタ。

かけがえのない仲間達。

いや、仲間だった友人達。

「全然忘れられる気がしないや」

彼女の呟きは暗闇へと溶けてゆく。

「つかれた」

この部屋で何度言ったことだろう。

今日も今日とて、何もせず時間が過ぎる。

「ラオと怜蘭《あの二人》は元気にしているだろうか」とか「春カナタは最後まで趣味に没頭できていただろうか」とか、一向に行動に移せぬまま想いは募るばかり。

ガラス戸を開け木製の窓を押し開けると、辺りは夜の闇に包まれていた。

城から噴き出す白い煙や機械音。繁華街から賑やかな声も聞こえてくる。

こうしている間にも大勢が戦い、クリアを目指して汗と涙を流している。自分はその責務から逃げ、楽な場所に隠れて過ごしている。夜景ひとつ見ても負の感情に襲われる自分に再び嫌気がさしていた。

「…………」

窓を閉め、戸を閉める。

部屋が再び静寂に包まれた。

スキルは使えば使うだけ経験が得られる。

熟練のプレイヤーはシステムのアシストを切り、独自の動きやタイミングで自在にスキルを操るのだという。

一般的なプレイヤーを例にすると、職業に紐付《ひもづ》けされた攻撃スキルの種類はそう多くないため知識さえあれば初期動作や状況で対策が取れる——が、アシストなしのプレイヤーは「特殊なフェイント」や「不安定な体勢からの連続攻撃」など多彩な動きで翻弄することができるのだ。

そのトリッキーな動きは特に対人戦で無類の強さを誇る。故《ゆえ》に多くの者が真似《まね》し、挫折《ざせつ》する。

失敗が死に繋《つな》がるデスゲームという状況下で「実戦でシステムアシストを切った動き」に体を慣れさせるのは、ハイリスクローリターンと言える。特に切迫した戦況では間違いが起こりやすくシステムに頼るのが安牌《あんぱい》であるからだ。

そんな状況下でも、システムアシストに頼らず活躍する者が、ごく僅《わず》かだが存在する。

システムを超えたプレイヤー。

彼等は〝天才〟と称されている。

知識に寄ったプレイヤーには、天才は正に天敵と呼べる存在だ。

そしてここにも一人、天才の領域に足を踏み入れようとするプレイヤーがいた。

訓練場に走る光の線。

連射された矢がカカシを撃ち抜いた。

「角度の違いかな……もう一度」

ひとつため息を吐《つ》いた後、再び訓練開始を選択するミサキ。現れたカカシ相手に様々な体勢からの攻撃を試し、狙った場所に中《あ》てていく。

ゆうに六時間はぶっ通しの訓練。

攻略最前線のプレイヤーでもこれほどまでにストイックに自分を鍛《きた》える者は少ない。

彼女はほとんど眠らない。

いや、眠れない。

「だいぶ慣れてきた、かな」

新しいスキルを覚えるたびに反復練習。

体に、頭に、魂に染み渡るまで——！

才能に溢《あふ》れているわけではない。

ただ、それを補って余りあるほどの経験を重ねた。それを成《な》したのは彼女の常人離れした集中力と使命感。そしてセオドールから貰《もら》った「銀の武器」に恥じないプレイヤーになろうと努力し続けていた結果ともいえる。

「……？」

マップに不審な反応を見つけ、訓練中止を選択しその動向を見つめるミサキ。

青い点が町の外へと向かっている。

数はひとつ。足取りはゆっくりだ。

（こんな夜中に一人で外に？）

あり得ない話ではない。

たとえばエリアの調査を行う「斥候職《せっこうしょく》」のプレイヤーは、身軽な動きに加え姿を隠すスキルで敵に感知されることなく、また罠《わな》の解除も行えるためボス部屋までの道に「どんな敵がどれだけいるか、どんな罠がどこにあるか」を調査するのが大きな仕事の一つだから。

敏捷《びんしょう》に大きく寄ったステータスを持つ彼等の動きに付いていくのは至難の業で、なおかつ、他職プレイヤーが同行しては姿を消すスキルの邪魔になる。

上記の理由から、斥候職は一人或《ある》いは同系職数名でエリアに向かう事があるのだ。ミサキも何度か勘違いして通報し、仕事の邪魔をしてしまった経験があった。

（でもあれは斥候の動きじゃないよね）

見る限りでは、遭遇した敵と律儀に戦闘を行っているようで度々足が止まっている。ソロプレイヤーだとしても攻略最前線のエリアに潜るのは無謀《むぼう》に近い。

ミサキはすぐさま「緊急事態」だと断定し、電話機能を開いて一瞬手を止める。この真夜中、攻略最前線のフィールドに一緒に出てくれる人が果たして何人いるのだろうか――？

ギィと、隣の訓練室の扉が開く。

「あ」

「え？」

タオルで汗を拭《ぬぐ》いながら、誠《マコト》が出てきたのだった。

＊　＊　＊　＊

真夜中の荒野を駆けるふたつの人影。

ひとりは美しい弓を背負った少女。

ひとりは大きな盾を背負った男。

「誠さんも夜通し訓練してるじゃないですか」

「意識だけは高くってね」

軽口を叩《たた》きながら――しかし二人の表情に余裕はない。

「ダメだな、誰も繋がらねえ！」

焦ったように舌打ちをする誠。

最前線攻略を控え、みな早めに就寝したのだろう。ワタル達含めた紋章《もんしょう》精鋭部隊と連絡がつかない。

時刻は深夜3時半——普通なら誰しも寝ている時間である。誠は諦めたようにメニュー画面を閉じ、眼前にそびえる巨大な塔を見上げた。

「シオラ大塔かよ！」

「まだ反応はあります！」

「おし、もうすぐ着く！」

そのプレイヤーが入って行ったのは明日攻略予定だった「シオラ大塔」。レベル適正でいうと30〜で、ミサキと誠はその最低ラインはクリアしていることになる——その適正はあくまでも「パーティ攻略」を前提とした数字ではあるが。

「でも塔には鍵があるって、前提クエストがあるってワタルさんが……」

「大丈夫、ギルドインベントリにはシオラ大塔の鍵がちゃんと収まってる。大方、フラメさん含む先発組が入手してたんだろうけど」

鍵がなかったら見殺しだったな……と、冷や汗をかきながらそう呟《つぶや》く誠。

キレン墓地からのエリアは、イリアナ坑道やウル水門などのチュートリアルエリアとは違い、エリア挑戦のために鍵を入手する必要がある。本来なら鍵を入手するための〝前提クエスト〟というものを受けなければならないのだが、ギルドに所属している特権でそれはパスされている。

門の前へと辿《たど》り着《つ》くと、堅固な錠穴が光を放ってガチャリと開いた。

ミサキと誠は迷わず中へと飛び込んだ——！

月明かりが差し込む塔の内部。

空を見上げるような形で佇《たたず》む人の影。

「こんな時間に一人で何してるんですか！」

ミサキはその女性を怒鳴りつけた。

彼女の表情を見て、さらに悲しくなった。

この世に未練はない――。

寂《さび》しげな顔がそう物語っていたから。

「それ、あなたに関係ある？」

と、女は妖艶《ようえん》な笑みを浮かべた。

月明かりに照らされた白蓮《女性》に誠は戦慄する。

(なんつー顔で笑うんだよ)

ゾッとするほどに冷たい瞳だった。

深い絶望を経験した人間の表情だった。

「関係ないなんて、関係ないです！」

ミサキのマップが感知する青点が消えてしまえば、それはそういうことなわけで、ミサキはそれを黙って見過ごすことができない。皆が知らぬ間に消えていく青点を、ミサキだけは全部見えてしまうのだから。

「！」

マップに動く点を見つけるミサキ。

赤点が四つ——それも凄《すさ》まじく速い。

ミサキは無言で弓を上へと向ける。

はるか上空から滑空《かっくう》してくる鳥型ｍｏｂを見つけると、素早く矢を番《つが》えてスキルに乗せた。

「《連射》」

誠に盾を取らせる間もなく射抜かれた鳥達は爆散《ばくさん》し、ポリゴンの欠片《かけら》を撒《ま》き散《ち》らせて消えていった。

ミサキは何事もなかったかのように再び弓を背負い、向き直る。

(同レベル帯ｍｏｂを一撃で……？)

誠は戦慄していた。

ミサキの異様な攻撃力もさることながら、マップ索敵《さくてき》により「皆が知覚できない場所のｍｏｂ」をも感知し、洗練された動作で撃ち抜く技術が人間離れしている——彼女の実力はトッププレイヤーと遜色《そんしょく》のない。と、誠は直感的にそう思っていた。

(噂《うわさ》には聞いていたが、一体どれほどの鍛錬を積んだらここまで……)

誠は今にも消え入りそうな白蓮《ビャクレン》と同じくらい、言い表せない「危うさ」をミサキにも感じていた。

「私はもう、期待されるのも失望されるのも……誰かが死ぬのも見たくないの」

「だからって死ぬのは解決じゃないだろう」

そう言いながら、誠は白蓮を睨《にら》む。

ガラス片にも似たモンスターの死骸《ポリゴンの欠片》が舞う中、白蓮はただ上を見つめ黙っている。

ミサキは胸に手を当て口を開く。

「私だって誰かが死ぬのを見るのは怖い。自分のせいで誰かが死ぬのも耐えられない。誰だってそう。皆そんなに強くないよ」

わかった風なことを——と、ミサキの言葉を心の中で否定。憤《いきどお》り、睨み返す白蓮。

ここで初めてミサキと目が合った。

(この子……)

強い意志のこもった目の奥に、なにか自分と近いものを感じた。

この子は相応の修羅場を潜り抜けている。

聞き流していた彼女の言葉に耳を傾ける。

「私、見えるんです。固有スキルの影響でマップ内の人や動物やモンスターの居場所が。だから真夜中の塔に進む貴女《あなた》を見つけられた」

白蓮は食い気味に聞き返す。

「生命の感知、みたいなもの？」

「はい」

「そう……」

少女の背負ったものの重みは、自分の背負っていたものよりも遥《はる》かに重いように感じた。

なんて有用で、なんて残酷なスキルだろう。

（夜も満足に眠れないだろう。美味《おい》しい物を食べていても、好きな人と過ごしていても、彼女には義務と責任が付《つ》き纏《まと》う。場合によっては恨まれる……か）

黙り込む白蓮。

ミサキは吐き出すように話し続ける。

「私は昔、モンスターに殺されかけました。ＰＫ《プレイヤーキラー》にも殺されかけました。私の命はそこで終わるはずだった――けど、恩人に助けられました」

無意識に弓を撫《な》でるミサキ。

自分でも分からない感情に胸が苦しくなる。

我慢していた何かが込み上げてくる。

「だから今は自分の命を使って一人でも救えるように、一秒でも早くこの世界が終われるように突き進むしかない。だって――だって私は、そうなるしかなかったから」

がむしゃらに走り抜けてきたミサキ。

ただの女子高生だった彼女にとって、リアルなモンスターを倒すだけでも辛《つら》い経験だった。

毎日の習慣に耐えきれず体調を壊しても、固有スキルだけは使い続けた。

罪なきプレイヤーがＰＫに襲われているかもしれない――という「不安」。

キング・ゴブリンのような侵攻《しんこう》が発生するかもしれない――という「恐怖」。

いつしかミサキは眠れなくなっていた。

常にスキルを張り巡らせ、警戒する日々。

見過ごすことが怖かった。

見過ごすくらいならと、自分を犠牲にした。

ミサキは自分の事を語らない。

他の人に諭されそうで怖かったから。

決心が揺らぎそうだったから。

説得する中ではじめて「自分を振り返った」ミサキは、ずっと張り続けていた何かがプツンと切れたように大声で泣き出していた。

焦ったように誠を見る白蓮。

誠は複雑そうな顔でただ黙っていた——

＊　＊　＊　＊

紋章の宿屋に戻った三人。

誠の部屋に着く頃にはミサキも落ち着きを取り戻し、恥ずかしそうに俯《うつむ》いていた。

「上等な物じゃないけど」

そう言いながら紅茶を淹《い》れる誠。

心地のいい香りが部屋に広がった。

「ふふ。紅茶なんてガラじゃなさそうなのに」

「酒を出すわけにもいかないだろ？」

誠に軽口を叩くくらいには元気を取り戻した白蓮。

ミサキは二つあるベッドのひとつに腰掛け対面に白蓮が座る。誠は扉近くの壁にもたれかかった。

久々にあんなに泣いたなぁと思い返しながら、ミサキは紅茶をグッと飲み干した。渇いた体に潤いが戻った気がした。

「ごめんなさい」

しばらく無言を貫いていた白蓮が呟く。

「ミサキさん、だったね。ここに来るまでに誠さんから色々聞いたわ。だから私も話すね……私のことも貴女に知ってもらいたいから」

そう言いながら白蓮は語り出す。

彼女もまた、ミサキと同じように過去の自分を振り返ろうと思ったからだった。

＊　＊　＊　＊

遡《さかのぼ》ること数ヶ月前——

元々別のゲームで仲の良かった女友達数名と話題のｅｔｅｒｎｉｔｙ《エタニティ》に応募した白蓮こと

晶《アキラ》。見事全員がβテストに当選し、パーティを組んで毎日遊んでいた。

メンバーはラオ、怜蘭《レイラン》、テリア、春《はる》カナタ、そして白蓮。女性だけのパーティというのも珍しく、それでいて個々の話題性も高かった。

特に作成したキャラが有用な固有スキルを持っていた白蓮の知名度は、βテスト時代でいえば一番だったかもしれない。

白蓮の固有スキル《千里眼》。

エリアに足を踏み入れる必要はあるが、マップ開拓の手間をほぼ全て省けるという有用スキルである。宝箱がある隠し扉などは表示されないながらも、こと攻略に関してこれほど強いスキルはない。

この千里眼の力も相まって、攻略スピードにおいて彼女達のパーティは他のプレイヤーと一線を画していた。βテスト時代最深エリアであるキレン墓地にいち早く足を踏み入れたのも彼女達だった。

しばらくして彼女達はギルドを立ち上げる。

ギルド名は〝黄昏《たそがれ》の冒険者《ぼうけんしゃ》〟。

黄昏の冒険者という名前は、友達の一人であるテリアが考えた。

黄昏という言葉には夕暮れなどの意味を持つが「人生の黄昏（盛りを過ぎて終わりに近づこ

うとするころ)」という意味もあり、テリア曰《いわ》く「彼氏ナシでアラサーな私達っぽい名前じゃん」と、大いに笑っていたのもいい思い出だ。

怜蘭とラオは持ち前のゲームスキルで攻略勢顔負けの戦闘能力を見せ、戦闘を好まない春カナタは武器や防具作成に熱心だった。白蓮は攻略に熱心でスキルの恩恵《おんけい》も相まって攻略進捗《しんちょく》トップを爆走、テリアは自由に立ち回る友人達の世話焼き女房をやっていた。

攻略進捗が話題を呼ぶ。

ラオと怜蘭が人気を博す。

結果、春カナタの店は大いに繁盛《はんじょう》した。

そしてメンバーも増えてきた頃、デスゲーム《この悪夢》が始まったのである。

「――大丈夫。皆、大丈夫だからね。なんて言ったってうちには凄腕《すごうで》の盾役《タンク》も剣士も僧侶もいるんだから！　装備だっていいのが揃《そろ》う！　それに私のスキルがあれば未知のエリアだって最短攻略できる！」

デスゲームがはじまり、大半のプレイヤーがアリストラスに閉じこもる中で「ボス報酬とステータス増強の重要性」に気付いた一部のプレイヤー達は最前線へと進んでいた。

それは黄昏の冒険者も同じ。

創立メンバーである白蓮、テリア、怜蘭、ラオ、春カナタをはじめ、メンバー数十人が一緒だった。

この地獄を終わらせる。

白蓮はそう意気込んでいた。

他ギルドがキレン墓地攻略に苦戦する中、いち早くサンドラス甲鉄城《こうてつじょう》を拠点《きょてん》とし、資金繰りやレベル上げに勤《いそ》しんでいた黄昏の冒険者。

マップ情報を高値で取引し、得たお金で新メンバーの装備も揃えた。

メンバー達の強化は惜しまなかった。

誰一人として欠けてほしくないから。

新規参入メンバーも増えたことで戦闘職のランク戦も盛んに行った。ＰｖＰに慣れるという意味でも重要な催しだったが、これがメンバーのやる気を向上させる結果にも繋がっていた。

しかし、この頃から創立メンバーの間に亀裂《きれつ》が生じはじめる。

「先を急ぎすぎだ。本来エリアってのは何回も反復練習して、敵の配置や罠を調べて、経験を積んで少しずつ進むべきものだろ！」

「危ない橋は渡ってないわ！　索敵だって疎《おろそ》かにしてない。一度クリアしたエリアを反復する時間が惜しいのよ今は！」

この頃ラオと白蓮はいつも衝突していた。

慎重に事を進めるべきだと主張するラオや怜蘭に対し、無理ない範囲で、可能な限り進むべきだと主張する白蓮やテリア。

「テリア《陽子》の妹や春カナタ《遥》の体だって、悠長に構えてたらどうなるか分からないんだよ!?」

テリアは若年性認知症の母と暴力的な父親、そして2歳下の妹を持ち、春カナタは自身が難病を抱えている――そもそも彼女達はそういった不自由を抱えたコミュニティで知り合い、今日まで共に過ごしていたのだから。

一方は、早急に帰らねばならない理由があった。

一方は、冷静になるだけの猶予はあった。

双方のリアル事情《タイムリミット》の違いが、すれ違いの根幹にある原因ともいえる。

「進める道がある限りは進みたいの。あの子は、あの子は私が守らなきゃだから……」

余裕のないテリアの様子にラオは反論を飲み込んだ。

白蓮のスキルがあればボスまでの道は一本道になるし、今までもボスの対策さえ万全なら危なげなく倒せている。だからラオ達の主張こそ少数意見で、大多数のメンバーは白蓮達の主張を推していたのも事実だった。

クエストをこなしシオラ大塔の鍵を手に入れ、何度かの挑戦ののち満を持しての挑戦――その途中だった、ワタルから連絡が入ったのは。

シオラ大塔頂上付近にて――

「侵攻の可能性？」

より多くの人に同時に送るためだろう、その連絡は電話ではなくメールで行われていた。内容を読んだ白蓮が驚きの声をあげる。

「数やレベルはまだ不明で、おそらく種類はゴブリン系だろうってことらしい」

「坑道を根城にするなんて卑怯《ひきょう》……」

「戻ろう。ワタルさんから要請するなんてよっぽどだよ」

心配そうに怜蘭がそう切り出すも、白蓮は自身のマップに表示された「ボス部屋」が間近にある事を再確認し、口を開く。

「ここまで来たんだ。ボス調査を済ませて合流しよう」

「またお前は！　今回は緊急事態だぞ！」

「決行が明日なら十分合流できる！　少なくとも今後のためにボスの情報は持ち帰るべきだよ！　ボス部屋までの道は螺旋《らせん》階段一本で、罠も何もなかったっていうし」

激昂《げきこう》するラオにそう説明する白蓮。

白蓮の言葉に斥候が頷《うなず》いた。

「ボス部屋まで罠はないよ」

斥候曰く、ボス部屋までは一本道でｍｏｂや罠もなし。メンバー達も、ここに辿り着くまでに消費アイテムを多く投入した背景もあり「無駄にできない」と意気込んでいる。

「なら約束しろ。危ないと判断したら帰るって」

「わかった。終えたらすぐにアリストラスに向かおう」

こうして黄昏の冒険者はボス部屋までの螺旋階段を登り始めた――そして悲劇が起こる。

＊　＊　＊　＊

ボス部屋前の長い螺旋階段。

まだ建設途中だったのか壁らしい壁はなく、骨組みだけが残されている。

天井からは空が見えていた。デスゲーム《この地獄》が嘘《うそ》のような、青く晴れた空だった。

「なんだ？」

先頭を行くラオが何かに感づいた。後に続くメンバーが不思議そうに辺りを見渡す。

「どうしたの？」

「鳴き声が……気のせい、じゃないと思う」

ラオがそう呟いた瞬間、シオラ大塔に奇妙な鳴き声がこだました。

何かが太陽を遮《さえぎ》るかのような暗転。

見上げた者が目にしたシルエット。

天より降りてくるそれが羽を広げ、大塔上部を覆っていた。

シオラ大塔周辺ｍｏｂ図鑑から引用すると、雷鳥フェンダールは白雷を纏う巨大な鷲《わし》だ。かつて天使の襲撃に遭い放置された塔の上に巣を作り、その頂《いただき》から獲物を狙って滑空する。過去多くの冒険者が討伐に向かうも一人として戻ってこなかったという。

ゆっくりと下降してくる雷鳥。

周りに小さい鳥が群れを成して飛んでいる。

螺旋階段を登る黄昏の冒険者一行を見つけると、ちょうど列の横腹辺りで滞空し、鋭い目をギョロリと動かし観察している。

雷鳥の視線が一瞬――下に向けられた。


ゾクッ。


「みんな下に走れ!!」

いち早く動いたのはラオ、怜蘭、白蓮の三人だった。

「『私を見ろ!!』」

「《破斬剣》!!」

「《素早き者《Rune of Aquilia》》!!」

ラオは即座に敵視《ヘイト》を奪いに動いた。

怜蘭、白蓮も同じ考えから攻撃を放つ。

しかし雷鳥はフイと興味を失ったようにその場から離れると、塔の周りを旋回《せんかい》し始めた。

白蓮はメンバー達に向け叫ぶ。

「慌てず下の階へ！　恐ろしくなっても絶対に前の人を追い越そうとしないで！　もしそんな事が起これば――」

起これば、間違いなく落下するだろう。
はるか下にある地面まで。
雷鳥が再び奇妙な声で鳴く。
その体から白い電撃が走っている。
旋回していた雷鳥は塔へ近付いた。
ジジジジッ！！！
一瞬の出来事だった。
脳が焼き切れるかのような強い衝撃。
武器を持つ手が固定されるような感覚。
そして灼熱《しゃくねつ》の痛みが全身を貫いた。

塔は静寂に包まれた。

皆のステータスに《感電《スタン》》の文字が浮かぶ。
（体が動かない——！）
何もできず、全員がそこから動けない。
雷鳥が再びメンバー達の横に滞空した。
その滞空が意味することを誰もが察した。

「《不屈の盾》！」

「《パラライズ・ヒールオーラ》」

盾役の耐久力のお陰だろうか、最も早く動いたのはラオだった。

孤立した白蓮、怜蘭を庇《かば》う形でスキルを使う。

続いて僧侶のテリアが周囲のスタンを解除させ、体の自由を取り戻したメンバー達は転がるように下へと駆けていく。

隊列は崩れ、三つに分断されていた。

自分を犠牲に後続を逃す選択をした三人と、最後尾にいたテリア含む数人、真ん中付近の十数人。

雷鳥はソレを発動させた。

外側から内側へと力強く羽ばたく雷鳥。

発生した風は突風となる。

それは、かつて自分の領域に踏み込んできた無粋な冒険者達を突き落としてきた、雷鳥のいつもの狩りのやり方であった。

ラオによって白蓮と怜蘭は守られた。最後尾のメンバー達は駆け込むように前の層へと脱出に成功していた。

しかし、残された真ん中付近のメンバー達はなす術《すべ》なく突風に煽《あお》られる——ある者は下層へ、ある者は骨組みに掴《つか》まり、ある者は塔の内側へと投げ出された。

「う、ああぁあぁあぁ！！！！」

「いやあぁああ!!　あ！！！　あ!!」

絶叫がこだまする。

シオラ大塔はその高さ故に天使の罰を受けた場所。その頂付近から落ちればどうなるかは火を見るよりも明らかであった。

パンッと、弾《はじ》けるような音が何度か続く。

それを合図に雷鳥の周りを飛んでいた小さな鳥が滑空すると、落下衝撃でLP《生命力》が1となったメンバー達をついばみ光の屑《くず》に変えていった。

しばらくの静寂——

均衡を破ったのは残された真ん中付近のメンバー達だ。

「あああ！！！」

「死ん、死んだ……！」

「どいて、どいてよ!!」

まさに阿鼻叫喚《あびきょうかん》。

奇跡的に突風から生還したメンバー達が脇目も振らず駆け下りる。もちろんそこに思いやりなど皆無で、押し飛ばされて落下する者までいた。

落下した者は激突のダメージでLPが1になり、間髪入れずについばむ雷鳥の群れが死を量産してゆく。

雷鳥フェンダールが再び大きく翼を広げる。その目線は駆け降りる八名のプレイヤーに向けられている。

「皆をお願い――」

そう言い残し、怜蘭は目が眩《くら》むほどの高い塔から跳んだ。

雷鳥フェンダールへ向け大剣を突き立てた。

system block

その表示は主《おも》に街中でプレイヤー同士が攻撃した場合や、クエスト進行上不可欠なNPC《現地民》を攻撃した場合、または「今は攻撃できないボス」などによく見られる表示であった。

ボス戦ではなかった。

イベント戦だったのだ。

つまりコレは「ギミックの見落とし」。

起こるべくして起こった事故である。

弾かれた怜蘭が空に投げ出される。

「怜蘭！！！」

絶叫するラオ。

落下する怜蘭の目は地面とは別の方角を見ていた。

白蓮は走り出す。

怜蘭《彼女》の視線の先——残されたメンバー達の元へ、走った。

雷鳥フェンダールが再び突風を起こす。

無我夢中で駆けるメンバー達に襲い掛かり、その全員が苦悶《くもん》の表情と共に宙へと投げ出された。

絶望の中で白蓮は見た。

「テ——」

一緒に落ちてゆくテリアの姿。

彼女の口が僅かに動く。

たぶん、四文字だった。

言葉は聞こえなかった。

メンバー達の絶叫がこだました。

＊　＊　＊　＊

——虚《うつろ》な目でそこまで語った白蓮。

ミサキと誠は黙ってそれを聞いていた。

「結局、その時メンバー１１人とテリアを失った。外側に投げ出された怜蘭達が死なずにすんだのは何か条件があったんだろうなぁ」

そう呟く白蓮。

ミサキは神妙な面持ちで尋《たず》ねる。

「テリアさんはなぜ一緒に？」

「分からない」

と、苦笑《くしょう》しながら答える白蓮。

ミサキは俯き、黙り込む。

「サヨナラって言ってたのかな。それともツカレタって言ったのかな。実際、死んじゃったもんな」

白蓮は、あの日のテリアの顔を思い浮かべていた。微笑《ほほえ》み落ちてゆく彼女の顔を。

白蓮はストレージより二つの羽根を取り出した。

一つは白く、一つは緑に光っている。

「これ、あの塔のキーアイテム。雷電の羽根と風の羽根。まぁ効果は察しがつくと思うけど」

簡単な話である。

ボス部屋に続く道にはギミックが仕掛けられており、対策もなしに進めば雷鳥が侵入者を捕《ほ》捉《そく》。痺《しび》れさせてから突き落とす必殺の罠に襲われる——この塔に限った話ではなく、数多くのエリアにこういった「即死ギミック」は存在するのだ。

即死ギミックの対策。

これはボス対策よりも最優先事項である。

そして斥候の大きな仕事の一つでもある。

「斥候の判断ミスか？」

「見落としてたんだろうね」

そか、と、誠は残念そうに呟く。

「豪快そうに見えてラオは人一倍繊細な子だし、仲間や親友の死で心を病んじゃったんだ。私が無理やり進めようとした経緯もあって、次の日に別れてそれっきり。それから皆バラバラになって——っていうのが経緯」

どう？　自業自得でしょ？　と白蓮。

ミサキは複雑な顔をしつつも首を振る。

「自業自得だなんて……」

「そこからすぐだったよ、春カナタが自殺したのは」

現実世界の時間がない二人が死んだことで、彼女達の中で「急ぐ理由」も消えた。ラオと怜蘭と別れ、侵攻討伐にも参加できず、ここから出られず白蓮は腐ってしまっていた。

もし償《つぐな》えるなら——そう考えたこともあった。

でも以前のように大勢を率いる度胸がない。

残ったメンバー達の期待に応えられずにいたのだ。

白蓮はミサキに優しい笑みを向けた。

「でもミサキちゃんを見てたらさ、私の力を使わないことこそ、クリアを目指す皆の足を引っ張ってるなと思ったんだ。たとえ誰かに責められようと、恨まれようと、この力を腐らせるのは間違ってる――今はそう思える」

自分がいくら後悔しても死んでいったメンバー達は戻らない。自分のすべきことは償うために皆と同じ場所に行くことじゃない。償うために、皆を一日も早く脱出させることだ。

近い境遇ながら必死に生きるミサキの真摯《しんし》な説得により、白蓮は小さくも大きな一歩を踏み出そうとしていた。

意を決したようにミサキが口を開く。

「私とパーティ組みませんか？」

＊　＊　＊　＊

「私をパーティに？」

素っ頓狂な声でそう聞き返す白蓮。

ミサキは至って真面目《まじめ》な顔で頷いた。

「私達まだフリーなんですよ」

「え？　いやいや、そうじゃなくてさ」

どうしてそんな話に？　と、困惑する様子の白蓮。

「だって、白蓮さんを戦場に引っ張り出す私にも責任がありますから。復帰させてハイさよならなんて無責任なことできないですよ」

紋章ギルドに所属したミサキだが、未だ正式に部隊加入はしていない。そこには自分のペースに仲間を付き合わせられないというミサキなりの気遣《きづか》いがあったのだが、白蓮とならパーティを組んでもいいと考えていた。

ん？　と、眉をひそめる誠。

「俺も？」

「え、ダメですか？」

目をぱちくりさせるミサキ。

ミサキ同様に、誠も第21部隊を抜けてから別の部隊に入隊していない。仮にパーティを組んで部隊申請をするのであれば、リーダーを決め戦闘訓練にて連携を見た後、正式に部隊として認められるのである。

「まぁ、俺はいいけどさ」

「やったぁ！」

手をバンザイして喜ぶミサキを見て、照れ臭そうに頬をかく誠。苦笑を浮かべながら白蓮が口を開く。

「……でも私相当なブランクあるし」

「大丈夫です！　一緒に訓練場で鍛錬すればかなり感覚極《きわ》まりますから！」

いきなりヒキニートにはキツいなと苦笑いを浮かべるも、ミサキの生き方に勇気をもらった身としては付き合いたい気持ちも大きかった。

「それに、私のスキルと白蓮さんのスキルがあればエリア攻略がすごく捗《はかど》ると思います」

エリアの地形を丸裸にする千里眼。

敵の数と位置を把握する生命感知。

この二つが合わされば、ボス部屋までの最短ルートが即座に導き出せる——白蓮が今できる償いが、より完璧に近い形にできる。

「でも黄昏の方はどうするんだよ。白蓮はあそこのマスターでもあるんだぞ」

「別にどっちがどっちに移籍するとかじゃないですよ。戦場に行くなら一緒にってだけなので」

「そういう問題かなぁ」

などと言い合いする二人を尻目に、白蓮は別の所で悩んでいた。

（私の贖罪《しょくざい》に二人を付き合わせていいのだろうか）

そもそも自分には「黄昏の冒険者ギルドマスター」という居場所がある。もう活動していないとはいえ、自分を信じて待っていた残りのメンバー達と向き合うのが先ではないか。

（散々待たせて、どのツラ下げて会えばいいんだろう……ううん。でもこれから逃げるのは絶対にダメだ）

考えがまとまった白蓮は小さく微笑む。

「まずはこんな私を見限らずに残ってくれたメンバー達に謝りに行くわ。その結果どうなるか分からないけど――待っててほしい」

ミサキと誠は嬉《うれ》しそうに頷いた。

＊　＊　＊　＊

黄昏の冒険者　ギルドホーム。

久方ぶりに集まった総勢24人のメンバー達だが、その表情は暗かった。

「遂《つい》に解散なのかな……」

「馬鹿野郎！　良い知らせに決まってるだろ」

「でもラオさんと怜蘭さんもまだ戻らないし」

「V龍《ブイりゅう》は来ないのか？」

「あいつ八岐《ヤマタ》に入ったよ」

メンバー達の会話はネガティブな話題ばかりで、暗い表情でその会話を聞くサブマスターkagone《カゴネ》は深いため息と共に時計を見上げた。

（後2分後、かぁ……）

カゴネ個人としては白蓮の復活を信じたい所だったが、昨日紋章のトップが訪ねた後に良い知らせは聞かなかったことで、彼女の中で色々な諦めがついてしまっていた。

思えば創立メンバーばかりに頼っていた。

所属メンバーから絶大な信頼を得ていた四人と、そんな皆を一手にまとめる絶対的なリーダー。

実力で引っ張っていくようなスタイルではなく、不思議と付いていきたくなるようなカリスマ性と、ひとりひとりの傍《そば》に寄り添う優しさで誰からも慕《した》われる存在だった。

「今でも私は貴女にだけついて行きたい」

カゴネの頬を涙が伝う。

覚悟していた解散——

しかしその日を迎えるとやはりつらい。

サブマスターである自分には人を率いるような度胸も技量もカリスマもない。自分がもっとマスターに頼られるような存在であれば、創立メンバーのようになれれば或いは……そう頑張った時期もあったなと思い出すカゴネ。

約束の時間がやってきた。

しばらく空席だった壇上に人が登る。

「えっ……?」

カゴネは思わず目を擦る。

見た事ある人だった。

いや、ずっと見てきた人だった。

ボサボサの髪は当初のように綺麗《きれい》に靡《なび》いていた。淀《よど》んだ瞳には活力が漲《みなぎ》り、かつてシオラ大塔に挑んだ時の——春カナタが作った青い軍服にも似た防具に身を包み、壇上に現れた女性。

「皆、いままでごめんね」

慕われ憧れた頃の凜《りん》とした声が響く。

メンバーの多くが既に涙を浮かべていた。

「ただいま」

黄昏の冒険者　白蓮が帰ってきたのだ。

Chapter05: 第5話

The unimplemented end-stage enemys have joined us!

シオラ大塔関連クエスト。

なんの変哲もない畑から始まる一連のクエストを、総勢37人もの紋章《もんしょう》メンバーがせっせと行き来していた。

内容としてはお使いが多いが、途中に戦闘もあるため完全に気を抜くことは許されない。

「すでにフラメさん達が鍵を入手しているなら受けなくてもいいのでは？」

やる気のなさそうに呟《つぶや》くメンバーに、他のメンバーが白い目を向ける。

「お前ここまで来てそんなのも知らねえの？　損してんなぁ」

「んだよ、じゃあ理由教えろよな」

「エリアボスってのは他のｍｏｂより大量の経験値を落とすけどな、専用クエストの最後〝○○を討伐　０／１〟みたいなのを受注した状態で倒せば追加で経験値や金や装備まで手に入るんだぞ？」

それを聞いたメンバーは「嘘《うそ》だろ」と絶句しており、それを横目に見ていた誠《マコト》は「なんであんなのが精鋭なんだよ」とため息を吐《つ》いた。

ザックザックと畑を耕す誠。

これは関連クエスト第二段階である「鳥に荒らされた畑の復旧作業」で、約十数名が同じようにして畑を耕していた。

（こういうのも気晴らしになるよなぁ）

畑作業に精を出す誠。

隣で作業していたミサキが呟いた。

「白蓮《ビャクレン》さん、大丈夫だったかな」

あの後、二人と別れた白蓮は明日の朝――つまり今日の朝にギルドメンバーを集めて諸々《もろもろ》説明して謝るつもりだと語っていた。

部外者とはいえギルドの方針に関与した関係者たるミサキは、そこに同席すべきだったのではないかと考えていた。

「きっと大丈夫だろ」

「そうでしょうか」

モヤモヤが晴れず俯《うつむ》くミサキ。

誠はジジ臭く自分の背中をぽんぽんと叩《たた》く。

「ずっと宿屋に引《ひ》き籠《こ》もってたマスターを信じて待ってたメンバー達だぜ？　そのマスターが再起して前を向こうとしてる。ならそれを応援しない訳がないだろ？」

ミサキはしばらく沈黙した後、ようやく少し安心できたのか「そうですね」と笑みを浮かべた。それを見た誠は「やれやれ」と苦笑《くしょう》し、再び鍬《くわ》を手に持った。

「俺らが、やる、べきは、昼までに、関連クエスト、全部を、こなすこと、だろッ！」

　と、より一層精を出す誠。

「そう、です、ねッ！」

　キョトンとしていたミサキも再び笑みを浮かべ、誠に感化されたのか、せっせと鍬を振り下ろしたのだった。

＊　＊　＊　＊

　冒険者ギルド内にて――

「進捗《しんちょく》はどう？」

　ガヤガヤと賑《にぎ》わう酒場の中で、何かを書き込むワタルがフラメに視線を送った。フラメは「ええと」と頭を掻《か》きながらギルドメンバーのクエスト状況をスクロールしてゆく。

「大多数がすでに戦闘まで済ませてますね。予定通り昼出発で問題なさそうです」

「そっか、なら良かった」

　そう呟きながら、ワタルは書き物を続ける。

　しばらく難しい顔をしていたアルバが口を開く。

「やはりこのケンロン大空洞からシオラ大塔までの一連のクエストから読み取るに、地下迷宮のボスが一つの〝区切り〟なんじゃないか？」

三人はｍｏｔｈｅｒが示唆《しさ》する〝クリアの条件〟に当たりをつけるため、過去のクエストや様々な情報からこの世界に用意された〝物語〟を推測していた。

参考資料は実に膨大《ぼうだい》で、一番重要そうなエリア開放に繋《つな》がる関連クエストから、単純なお使いクエストまでをひとつひとつ確認しながら正解を模索してゆく。

「〝風の精霊の使いが〜〟って所ですか？」

「まあそうだな」

それを聞いてフラメが何かをまとめた画面を二人に共有し、口を開く。

「ここから見てもらうと分かるように、イリアナ坑道のＮＰＣ《現地民》からすでに〝精霊〟という言葉が確認できます。そして関連クエストで頻繁《ひんぱん》に目にするようになった精霊の情報を集めていくと、次の攻略エリアであるセルー地下迷宮を指しているように思えます」

恐らく他のギルドの見解も同じですね。

そう続けながらフラメはスクロールする。

「ただ関連クエストと思われた《風のお守り》クエスト——これは結局シオラ大塔とは無関係でしたが、ここではその風の精霊とやらの親玉について少し語られてます」

『風の精霊様の主《あるじ》たる者に睨《にら》まれてはならん。四大精霊の怒りを受けたかつての大国は今や海の底じゃ』

「重要な情報だね。〝四大精霊〟と〝主たる者〟」

ワタルは興味深そうに頷《うなず》き、トントンと画面を指で叩きながら続ける。

「motherのメールにあった〝三度目の死刻〟の死《シ》を四《シ》に関連付けるのは強引かな？」

難しそうな顔で唸《うな》るフラメ。

私の意見も突飛ですが——と、話し始める。

「先に三という数字もあるのでその説は微妙ですね。ただこの四大精霊の怒りというのが町を滅ぼすトリガーで、滅亡のことを死刻と表すなら〝精霊達に三回滅ぼされたら我々は脱出できません〟という意味になりますけどね」

「それもかなり強引だな」

「だから突飛ですがって言ったじゃないですか」

不満そうにアルバを睨むフラメ。

今の所、集められる限りの情報ではこんなものであった。世界のエリアが〝あ～わ行〟まであると仮定してもプレイヤー達の大半は未《いま》だ〝か行〟にいる程度。ゲームクリアには程遠いのだろう。

「ともかく、次のボス候補の風の精霊は今まで以上に気をつけて挑む必要があるってことか」

そう言って立ち上がるアルバ。

そうですねとフラメも立ち上がる。

「とりあえずはシオラ大塔の攻略が最優先。無理なく一歩一歩、確実に先へ進もう」

ワタルの言葉に二人は大きく頷《うなず》いた。

かつて最前線最速と謳《うた》われた黄昏《たそがれ》の冒険者《ぼうけんしゃ》達を絶望の底に叩き落とした難関エリアへ——紋章が挑む。

＊　＊　＊　＊

翌朝——八岐《ヤマタ》とaegis《イージス》がそれぞれ次のエリア攻略に向かうのを、フラメは不服そうに見送っていた。

「エリアひとつ分の差だ」

不意にかけられた声に振り返ると、そこにはワタルとアルバの姿があった。フラメは再び不服そうな顔になり、口を開く。

「あのギルドとは仲良くなれなそうです」

「まあまあ」

それを宥《なだ》めるワタルと苦笑するアルバ。

紋章メンバー達もぞろぞろと集まり始めており、時間が来たら予定通りシオラ大塔の攻略をはじめる流れとなる。宿屋をしばらく見つめていたワタルだったがすぐに視線を戻し、今度はそれを塔へと向けた。

隣でアルバが呟く。

「三日～四日のうちにボス部屋まで通しで進めれば上出来だな」

黄昏のマスターの勧誘に失敗したこともあり、期待していた戦力増強は叶《かな》わなかったものの、アルバは今の戦力でも十分に最前線に通用すると確信していた。

だから——ここから続く展開には、流石《さすが》に驚かざるを得なかった。

「おいアレ……」

メンバーの誰かが別方向へと指をさす。

皆が見つめるその先へアルバも視線を動かすと、そこには数十人から成るプレイヤーの群れと、先頭に立つ女性の姿があった。

嬉《うれ》しそうにフラメが尋ねてくる。

「なんだ、勧誘成功してたんですね！」

フラメの声をどこか遠くに感じながら、アルバは困惑の表情を浮かべワタルへと視線を向けた。視線が交わるとワタルは首を横に振った。

「いや……失敗した、はずなんだがな」

なら今まさに合流せんとするこの集団はなんなのか。しかし先頭に立つ女性——白蓮は、昔よく見知っていたあの頃の彼女だと分かる。

「おはようございます。昨日はごめんね」

両手を合わせて可愛《かわい》らしく謝る白蓮。

昨日の姿からは想像できない変わりようで、ワタルとアルバは「何があったんだ」と驚きを隠せずにいた。

白蓮はｋａｇｏｎｅと目配せした後、口を開く。

「私達〝黄昏の冒険者〟は〝紋章〟との合併を希望します」

ハッキリとした口調《くちょう》でそう告げた。

紋章メンバーから歓声にも似た声が挙がった。

黄昏のメンバー達も嬉しそうに頷いている。

固まっているアルバを見かねてワタルが口を開く。

「それは勿論《もちろん》大歓迎ですが……どういう心境の変化があったのか、聞いても？」

そこで白蓮は昨日の晩に起こったことを語ってみせた。

フラメを含めた紋章メンバーからどよめきの声が上がるも、黄昏メンバーは少し悲しそうな顔でそれを黙って聞いていた。彼等はすでに白蓮から一部始終を聞いていたから。

（ミサキちゃん凄《すご》すぎる……！）

心の中でミサキを崇《あが》めるフラメ。

衰退したとはいえかつての最前線ギルドの参入はとんでもない戦力増強である。それに、マスターである白蓮のスキルは何物にも代《か》え難《がた》い超有能スキルだ。

全てを聞いたワタルは「そうですか」と優しく微笑《ほほえ》みかけ、チラリとミサキと誠を見た。

ミサキと誠は気まずそうに他所《よそ》を見ている。

状況が状況とはいえ、夜間に回復役《ヒーラー》不在でのエリア侵入は御法度《ごはっと》である。しかし当然、それを責めるプレイヤーはこの場にはいなかった。

「合併といっても正確には〝同盟機能〟を利用するだけです。なので黄昏の冒険者と紋章自体はそのまま存在し、これからも対等な関係のままです」

ワタルの言葉に黄昏メンバー数名から安堵《あんど》の声が漏れた。

同盟というのはギルド間で行えるパーティ機能のようなもので〝インベントリアイテムの共有〟や〝仲間への攻撃不可〟の対象に加えられたりと、メリットが多くある。ただ町への貢献度に応じた報酬も等分されてしまうため、基本的に規模の大きなギルドが何か条件を付ける場合がほとんどである。

それをワタルは〝平等〟とした。

黄昏からすれば願ってもない提案である。

「それと、これはお願いなんだけど――」

目を泳がせてごにょごにょと言う白蓮。

ワタルは察したように苦笑を浮かべた。

「ミサキさんと誠さんの部隊への加入ですか？　もちろん、こちら側としては断る理由もありません」

ミサキと誠がガッツポーズを取る。

白蓮も安心したようにホッと胸を撫《な》で下ろした――今この瞬間より、白蓮は黄昏の冒険者マスター兼、紋章ギルド第５０部隊の隊員となった。

具体的には、普段は黄昏として活動しつつ、ミサキ達がエリア攻略に参加する際はパーティに加入するといった流れとなる。それについて双方のギルドから不満が出ることもなく、むしろ美女二人が所属する新設第50部隊の残りの3枠を狙って野心に燃えている者が大勢いたのはまた別の話。

　フラメが口を開く。

「黄昏の精鋭達が参加となれば今後の攻略がグッと楽になりそうです……本当に協力感謝致します！」

　泣きそうな顔で感謝の意を伝えるフラメ。

　チラリとカゴネへと視線を向けた後、フラメはそのままの調子で続けた。

「久々の戦線復帰で調整も必要だと思います。急《せ》かす気はありません、我々がシオラ大塔を制覇した後に頃合いを見て合流するのはどうでしょう？」

　カゴネはフラメの意図を察したのか、涙《なみだ》を堪《こら》えながら小さく頷いている。

　黄昏の冒険者《彼女達》にとってシオラ大塔は越えなければならない壁であると同時に、大きなトラウマそのもの。

　シオラ大塔攻略に参加させるべきではない。トラウマを無理に克服する必要はない——と、フラメはそう考えていた。

　デスゲーム《こんな状況》になってからというもの、プレイヤーは日常では到底体験できないような大きな恐怖に晒《さら》される機会が増えた。恐怖に打ち勝ち、強く前へ進むミサキのような例は本当に稀《まれ》で、恐怖に取《と》り憑《つ》かれ未だ引きこもりをするプレイヤーは多く存在する。

精神を病んでいた時期が長い白蓮についても同様だ。それを簡単に克服できるほど人間というものは強くできていないのである。

「…………」

沈黙する白蓮。

同盟を組んでいれば重要アイテムの共有も可能。紋章がシオラ大塔を攻略し、後にセルー地下迷宮の鍵を手に入れれば黄昏も同じようにセルー地下迷宮に同行できるのである。

だから無理に塔へ行かなくてもいい。

もちろんそこには計算もあった。

が、フラメなりの気遣《きづか》いでもあった。

現にカゴネはフラメに感謝していた。

「黄昏の皆さんにはシオラ大塔攻略から参加していただきたいです」

その一言に場が騒然となる。

発言したのはワタルだった。

黄昏のメンバー達はそれに反論できない——それは、紋章との同盟なくして黄昏の再起は難しいと理解しているから。

困ったようにフラメが反論する。

「いきなりあの場所にっていうのは少し酷じゃないですか？　せめて、せめてケンロン大空洞辺りで勘を取り戻してもらってからでも……」

「前のエリアで調整することに関しては賛成ですが、黄昏の皆さんはシオラ大塔を攻略すべきだと思います」

確固たる意思でそう言い放つワタル。

カゴネが恐る恐るといった様子で口を開く。

「確かにあの場所に行くとなると、その、皆様にも迷惑が掛かるかもしれません……ただでさえ命が掛かった最前線ですから……」

すでに二つのギルドによって攻略されたエリアではあるが、腐っても最前線だ。戦闘の連携は極めてシビアで、少しのミスも許されない。

しかしワタルは厳しく首を振った。

「過去を引きずったままのギルドが、この先本当に進んでいけますか」

「！」

ざわつき声がピタリと止《や》んだ。

「確かに我々は生まれながらの兵士ではありません。平和な世界に生まれ、普通に生きて、突然理不尽な世界に落とされた被害者です。何人も死にました。これからも死者は増えていきます」

ワタルは気にせずに続ける。

「この先、この中の誰かも戦いの中で死ぬかもしれない。それでも立ち止まるわけにはいかない。その死を越えて、その敵《かたき》を討って進まなければならない。ここで一度でも別の道を探してしまえば、今後本当に辛《つら》い時にも必ず別の道を探してしまう」

黄昏のメンバー達はハッとなり思い出す。

かつて、自分達よりも遥《はる》かに理不尽な状況に晒されたアリストラスを、ひとつのギルドが命を賭《と》して守ったことを。その時の彼等には立ち止まることも、別の道を探すことも許されなかったのだから。

「我々は黄昏の冒険者と合同でシオラ大塔を攻略します」

確固たる意志でそう告げるワタル。

皆が押し黙る中、白蓮が口を開いた。

「ギルド間連携の練習がしたい」

その返答に、ワタルは小さく微笑む。

白蓮は覚悟を決めたように続ける。

「うちに安心して背中を預けられるくらいじゃなきゃ、真の同盟なんて言えないもんね」

それを合図に沸き立つ黄昏のメンバー達。

ワタルは集まったメンバーに指示を飛ばす。

「予定を変更します。攻略の日にちをずらし、しばらくのあいだ黄昏の冒険者との連携強化に充《あ》てます！　ここにいる皆で必ずシオラ大塔を攻略し、セルー地下迷宮も攻略して、皆に希望を見せたい——どうか力を貸してください」

ワタルの言葉にメンバー達は武器を掲げ雄叫《おたけ》びをあげる。

これは単にシオラ大塔を攻略するだけの戦いではない——紋章と黄昏が互いに守り合い、進めるかどうかの戦いでもあった。

＊　＊　＊　＊

互いに自己紹介や色々をすませた紋章と黄昏の面々。久《ひさ》しく見なかったメンバー達の嬉しそうな表情を眺めながら、白蓮は感慨に耽《ふけ》るようにポツリと呟いた。

「ここにラオや怜蘭《レイラン》がいれば……」

そしてすぐさま「違う違う」と首を振る。

自分が立ち直れたからといって、すぐ二人を呼び戻すなんて真似《まね》はできない。せいぜい勇気を出してメールを送る程度であると、白蓮はそう考え自重したのだ。

呟きを聞いていたワタルが微笑む。

「その二人なら我々のギルドの部隊に入って、順調に進んできてるそうですよ」

「！」

白蓮は驚愕《きょうがく》の表情を浮かべた。

ラオも立ち直っていたのだ。

そして二人はまた先を目指してこちらに向かってきている――驚きや喜びや後ろめたさや色々な感情が渦を巻き、白蓮はなんともいえない笑顔で「よかった」とだけ呟いた。

そして、続くワタルの言葉に、今度は別のメンバーが驚愕することとなる。

「二人が加入した旧第２１部隊――新生第７部隊は、たしか誠さんが所属していた部隊ですね」

「へ？」

誠は急いでメール画面を確認した。

しかし、そこにはキョウコからのご機嫌窺《うかが》いのメールやショウキチからのくだらない写真、ケットルからの愚痴《ぐち》などしか確認できない。

「大出世！　バーバラさん達すごい……」

ミサキも驚きを隠せない様子。

秘密にしやがってと誠は嬉しそうに怒る。

ラオに怜蘭といえば知らぬ者などいないほど精鋭中の精鋭、いわゆるトッププレイヤーだ。

そんな二人が加入したなら大幅に戦力増強となったに違いない。

ただ――

「新生第７部隊って……二人の加入でそんな格上げしちゃうものなんすか？　しちゃっていいものなんすか？」

トッププレイヤーとはいえ元々は部外者の二人を入れただけで格上げとなると、既存の部隊は良い気持ちしないだろうと誠は考えた。

もちろん、飛び越された部隊のメンバーからのバーバラ達への嫌がらせ《影響》も考慮して、である。

ワタルは意外そうな顔でそれに答えた。

「いえ、もちろん総合的な実力と実績を考慮しましたよ。彼等のレベルも全員が30近いですからね」

「へ？」

誠はギルドメンバー一覧を開き、バーバラ達の名前を探す。

「全員がレベル30前後……？」

誠にとって、ラオ達の勧誘に成功したことよりも驚きの内容だった。

レベル30なんて、かつてのキング・ゴブリン戦に参加していた面々や、長い間ケンロン大空洞辺りでレベリングしていた面々くらいしか到達できない領域だ。

それがこの短期間で全員。

（何が、何があったんだ……？）

誠の疑問に応えるように、ワタルは彼等が飛躍した経緯を簡単に説明してみせた。

「レベル37の侵攻《しんこう》を倒したあ！！？！？」

ざわつくメンバーの間を誠の絶叫が通り抜ける。

「正確には二人と合流する前に」

「ますます訳が分かりませんよ……」

その場に放心する誠に代わり、同じく驚いた様子のミサキが尋《たず》ねる。

「レベル37なんてキング・ゴブリンクラスじゃないですか。それをパーティ単体で……流石に信じられないです……」

「動画や戦利品の画像も添付されてますからまず間違いないでしょう。なにより大幅に上がったレベルが動かぬ証拠ですから」

ワタルの返答にミサキも黙り込んだ。

果たしてレベル差が十数もあるボスをパーティで攻略など可能なのだろうか。ボスには格下からの攻撃を半減させるボス属性というものが存在するし、それがなくてもステータスの桁《けた》が違う。

「動画なら二人にも送っておくね」

と、ミサキと誠へメールを送るフラメ――それはバーバラが受付嬢ルミアへ提出した動画であった。


「あ……」


ミサキは動画に映る人物を指差す。

「この子……この子は？」

ただならぬ様子のミサキを心配しつつも、報告内容を確認するフラメ。

「報告では旧第21部隊がレベル1プレイヤーの召喚用素材の入手のために森へ同行した際に侵攻を発見し倒したとあるから、この子はそのレベル1プレイヤーじゃないかな」

レベル1。

なら違うよね――そう思いつつも、ミサキはつい結び付けてしまっていた。レベル37の侵攻を単騎で屠《ほふ》れる実力を持ち、小学生ほどの背丈の人物を。

「名前は何ていうんですか？」

うるさいほどがなりたてる心臓の鼓動を強い精神力で抑え込み、ミサキは答えを待った。

「プレイヤー名は、そうそう。〝修太郎《しゅうたろう》〟」

ぽろぽろ。と、ミサキの頬を涙が伝った。

周りのメンバーはギョッとした様子で気遣うような言葉をかけている。しかし、当の本人はそれどころではない。

「やっと……やっと……」

オロオロするフラメを見かねて、ワタルは修太郎について知ってる情報を話してゆく。

ギルドに所属していない修太郎の情報を話してしまうのは躊躇《ためら》う所だが、尋常ならざるミサキの様子を見てワタルは「話すべき」と判断したのだった。

「この子は最終的に二人の加入に伴い、入れ違いで脱退したそうです」

ミサキはというと、何も聴こえていないような様子でその場に佇《たたず》み泣いていた。

誠が気まずそうに口を開く。

「森で召喚獣《しょうかんじゅう》の素材採取ってことは本当の初心者だよな。なら目の前で侵攻発生と戦闘を目にしたわけだ、可哀想《かわいそう》に。せっかく一歩踏み出したのに戦意喪失して戦線離脱するのも無理はないな」

実際は全くの真逆なのだが、傍《はた》からみれば非力な少年そのもの。

（違うよ、修太郎さんは……）

反論しようとするものの、言葉が出てこないミサキ。

代わりにワタルが弁解する。

「いえ、この子もそのまま一緒に進んでるそうですよ」

「まじですか?? すんごい肝っ玉じゃねえか。将来有望だな」

今時珍しいなと感心した様子の誠。

フラメはミサキの様子から何かを察し、誠に対して「空気読めてないな」と白い目を向けていた。

（ショウキチ達も頑張ってるじゃねえかよ。レベルも一気に上がって舞い上がってなきゃいいけど、バーバラがいるなら心配もないか。いや、一度電話、いやメールだけ……）

静かに葛藤《かっとう》する誠と、

（ラオは乗り越えたのね。私もようやく前を向けたよ）

遠くを見つめる白蓮と、

（やっと会えますね、修太郎さん）

静かに微笑むミサキ。

三者三様の反応を見せながら、新生第５０部隊、紋章、黄昏のシオラ大塔攻略が幕を開けたのだった。

翌朝、修太郎《しゅうたろう》が集合場所に着くとすでに全員が揃《そろ》っていた。

「遅れてごめん。また遅刻しちゃった」

「んーん、私達もさっき着いたから」

そう言ってラオはショウキチとケットルの肩を叩《たた》く。二人に愚痴《ぐち》るような様子はなく、むしろ緊張したような面持ちでちょこんと椅子に座っている。

「さて、結果報告といきましょうか」

ハンド操作で全員分のドリンクを並べながら、バーバラはどこか嬉《うれ》しそうにショウキチとケットル《二人》を見る。

「や――っぱりバーバラの差し金かよ！」

「はて、なんのことやら？」

立ち上がるショウキチに対し、戯《おど》けるように肩を竦《すく》めるバーバラ。

ショウキチは目の前の炭酸飲料を一気に飲み干すと、K《ケイ》から貰《もら》った地図を広げ、キレン墓地を指さした。

「俺達はラオと一緒にエリア構造とエリア毎《ごと》に出現するｍｏｂ、罠《わな》、美味《おい》しいクエストを調べて回った——正直言って、ウル水門のボスを完封した勢いで進んでたら間違いなく大《おお》怪我《けが》してたと思う」

ショウキチとケットルにいつもの覇気がない理由はこれだった。二人はラオに連れられカロアの町中を駆け巡る中で、先の三つのエリアがいかに過酷で、残酷で、前の〝初心者向けエリア〟とまるで難易度が違うことを知ることとなっていた。

実の所、紋章《もんしょう》がカロアに拠点《きょてん》を構えるまでは最前線よりも〝キレン墓地〟と〝ケンロン大空洞〟の死亡率が段違いに高かった。それはＫが言っていたように、ウル水門突破で勢いづいた無知で力自慢のプレイヤーが無策に突っ込んだことが挙げられる。

しかしこのゲームは残酷だが無慈悲ではない。しっかりと調べれば情報はいくらでも手に入るようできているのだ。

「キレン墓地は——」

ショウキチが語り出す。

その内容は修太郎が説明した内容とほぼ同等の情報量で、怜蘭《レイラン》とキョウコもそれを満足そうな表情で聞いている。

「じゃあ次のクリシラ遺跡は私が説明する」

続いてケットルから、クリシラ遺跡の特徴が語られる。

「その前に言わせてほしい」

ポツリと呟《つぶや》くケットル。

合わせた両の掌《てのひら》に力を込める。

「いつも誠《マコト》やバーバラやキョウコに任せっきりだったけど、エリア一つ攻略するのにこんな細部まで気を配る必要があるなんて知らなかった――というか、知ろうとせず寄りかかり過ぎた。ごめんなさい」

そう言って頭を下げるケットル。

バーバラとキョウコは目を丸くした。

過去の自分を戒め、そんな自分を見放す事なく支えてくれていたバーバラ達への感謝の気持ちを素直に伝えたケットル。

「ケットル……」

世話役のキョウコの涙腺が緩む。

「お、俺も、俺もごめん。これからは一緒に情報収集とか色々するから！」

「うん、うん……」

涙ぐむキョウコを心配するティーン二人組を見て、今度はラオが鼻水を垂らしてオイオイと泣き始めるという連鎖が起こり、報告会は一時中断となったのだった。

咳払《せきばら》いを一つ。

改めてケットルが語り出す。

「クリシラ遺跡はエリア内の紋様を覚えながら進むのが鉄則。間違えた紋様に触れただけ、マップ構造が複雑に変化するのが理由」

ケットルは1から7までのマップパターンを引っ張り出しながら、さらに説明を進める。

「石像のようなｍｏｂがメインだから鈍器系武器や水属性が有効。移動速度は今までのｍｏｂの中でも一番遅いからキレン墓地よりもある意味初心者向けかな。ただ倒すのが遅れれば部屋に仕掛けられた罠が発動して、道が塞がれたりするから注意」

重要な要素を簡潔に説明するケットル。

最後のケンロン大空洞も引き続きケットルが説明するようだ。

「ケンロン大空洞は視界が悪くて、状態異常《バッド・ステータス》攻撃持ちの蝙蝠《こうもり》が出てくるし動きを封じてくる蜘《く》蛛《も》も出てくる。それと、そこに住む人型猿族『ハルタナ』の氷属性攻撃も動きが阻害される厄介な効果がある。一番事故になりそうだし、ここにはレベルに十分な余裕を持ってから挑みたいかな」

冷静に分析しその結論に至ったようだ。

バーバラ達は心の中で拍手を送る。

ここで怜蘭が質問を飛ばした。

「ケンロン大空洞は最後に挑むとして、私達のパーティなら、キレン墓地とクリシラ遺跡のどっちに適してると思う？」

基本的に、アイウエオ順から進むにつれエリアの難易度は上がっていくため、順当にキレン墓地が最も難易度の低いエリアという推測が立つ。とはいえ、キレン墓地とクリシラ遺跡の推奨レベルは±2程度の差しかなく、第7部隊にとってはどちらも適正エリアといえる。

ケットルはショウキチと視線を交わし、得た情報と自分の意見を合わせ、慌てた様子もなくそれに答える。

「それはキレン墓地。なぜならクリシラ遺跡に挑むには私達は物理攻撃職が多いし、水属性も鈍器を使う人もいない。その点キレン墓地なら私みたいな火属性を鍛《きた》えた魔法使いもいて、聖属性が使えるバーバラもいるし、当面のレベル上げ場所はキレン墓地でいいと思う」

修太郎の見解とほぼ同じ内容だった。

ケットルの回答に誰も異論を唱えない。

元最前線組は満足そうに頷《うなず》いていた。

「異論はないようね。ショウキチ、ケットル、よくここまで調べた！　えらいっ！　今後は二人に情報収集任せちゃってもいいくらいね」

「どんとこーい！」

元気よく返事をするショウキチ。

バーバラは嬉しそうに席から立ち上がる。

「よーし、意見もまとまった事だし、早速Kさんに許可貰《もら》ってこよっか！」

「うおおお新エリア攻略燃えてきた——！」

気合十分といった様子で第7部隊が立ち上がった所で、おずおずと手を挙げる修太郎。

「あのう……その前に、新しい召喚獣《しょうかんじゅう》を召喚してもいい？」

＊　＊　＊　＊

修太郎がわざわざ皆を止めてまで召喚をしたがるのには「修太郎の近くにいるｍｏｂ達は正真正銘召喚されたものだ」という認識を皆に持ってもらう必要があるからだ。

怪しまれないための最大限の配慮。

もっとも修太郎は、皆に全部の召喚に付き合ってもらう必要もないだろうとも考えていたが、今回はシルヴィア召喚の一部始終を見ていない怜蘭とラオがいるためだ。

現に、バーバラ達は修太郎がシルヴィアを召喚した場面を見ているがために、シルヴィアの規格外の強さも「そういうものか」と自然に納得できた部分もある。

第7部隊とちょっとした野次馬が見守る中、修太郎の呼び声に応《こた》えるようにして、予定通り黒の竜が現れた。

辺りにどよめきの声が沸き起こる。

『セオドールは基本的にどういう役回りをする予定なの？』

『俺は火球での攻撃にしようと思う』

『そっか。わかった！』

修太郎はセオドールに短い確認を取ったのち、改めて新しい仲間の説明を始める。

「名前はセオドール。タイプ的にはケットルと同じような火属性の魔法攻撃役《アタッカー》みたい」

「魔法攻撃ですか。シルヴィアちゃんは物理ですから役割が偏らなくて良かったですね！」

そう笑顔で答えるキョウコ。

修太郎は剣主体の物理攻撃役。

シルヴィアも物理攻撃役。

セオドールは魔法攻撃役。

一見して修太郎のパーティは攻撃役《アタッカー》しかおらずバランスが悪いのだが、物理アタッカーが二人いるパーティはザラにいるため最終的にバランスが取れれば問題はない。

とっさに名前を考えたような演技も混ぜつつ、修太郎は肩に降り立つ小さなセオドール《黒竜》を撫《な》でた。腕には小さなシルヴィア《銀狼》が抱かれているため、なんとも愛くるしいパーティが誕生したことになる。

「この子も可愛《かわい》い！！！！」

「モフモフもいいけどドラドラも好きい！」

「ドラドラって……」

例の如《ごと》く、尋常ではない食い付きを見せるバーバラとキョウコ。対して元最前線組の二人はセオドールを興味深く観察していた。

「小さいけど竜族とはまあ、神引きだな」

「前例を見てた身からすると、戦闘面はちょっと期待しちゃうね」

竜関連のアイテムなど簡単には手に入らないため、今回修太郎は〝ランダム召喚〟を用いた事になっている。

「そういえば名前の由来知りたいかも」

シルヴィアを撫でながらそう呟くケットル。

そんな質問が飛んでくるとは思っていなかった修太郎は、少し焦りながらもそれに答えた。

「セオドールは、ほら、鱗《うろこ》が鎧《よろい》みたいだからさ、騎士の名前っぽいのを付けたんだ！」

「おおおお！　わかるわかる!!」

激しく同意する同年代のショウキチ。

ケットルはちょっと納得いかなそうな顔をしつつも、セオドールから視線を移す。

「じゃあ、シルヴィアは？」

「シルヴィアは、ええとね……」

修太郎は腕の中のシルヴィアに視線を送ったのち、絞り出すように頭に浮かんだ言い訳《由来》を述べた。

「……毛が銀色だから」

「安直《あんちょく》ー。黒い犬にクロって付ける感じだ」

「んだよ、安直いいだろ！　シンプルイズベストじゃんか！」

やいのやいの言う子供達を尻目に、当の本人であるシルヴィアは『安直……』と、激しく落ち込んでいた事を誰も知る由《よし》もない。

＊　＊　＊　＊

紋章カロア支部受付。

やってきた第7部隊――特にショウキチとケットルの顔つきを見るなり、受付兼支部長のKは直感的に「心配なさそうだな」と確信する。

「エリア挑戦かな？」

「はい、許可をいただきに来ました」

バーバラの言葉を受け、Kは虚空《こくう》から鍵束を取り出すとそれらを全て手渡した。

「問題なさそうだから三つのエリア分渡しておくね。向かうエリアを教えてくれればクエストとか諸々《もろもろ》手配するけど」

「じゃあそれでお願いします。まずキレン墓地から攻略を進める予定です」

「了解。じゃあちょっと待っててね」

初日とは打って変わってKはすんなり事を進めていく。変化に気付いたショウキチは、訝《いぶか》しげにそれを尋《たず》ねる。

「なんで今日は行かせてくれるんだ？」

操作するパネルから目を離さぬまま、Kはその問いに答えた。

「だって情報収集含めて準備万端でしょ？　なら口煩《くちうるさ》く引き留める必要ないよ」

そう言われて初めて、ショウキチは「自分達の未熟さを見抜かれていた」という事に気付き、顔を真っ赤にして押し黙った。
Kは慣れた手付きで複数枚のクエストを発注し、確認のため掲示してくる。

〇〇〇〇〇〇〇〇〇

依頼内容：お別れの言葉
依頼主名：ラーザ・キルハ
有効期間：48：00：00
依頼詳細：私はもう永く生きられないってお医者さんに言われたの。もう歩くことも言葉を話すこともできない。だからお願い、このお花と一緒にお別れの言葉を彼に伝えてほしいの。
目的：思い出の花を供える（0／1）
報酬内容：4400G／ 25400exp

○○○○○○○○○

依頼内容：分たれた死者と生者

依頼主名：バルティナ・Ｒ・シモーヌ

有効期間：４８：００：００

依頼詳細：夜になると私の宿に冒険者仲間達が訪ねてくる。でもおかしいわ、その五人はもう死んだはずなのに。気が狂って私が幻覚を生み出しているの？　それとも本当に彼らが迎えに来てる？　お願い、彼等の墓を見てきてほしい。そしてこの世に未練を残して彷徨《さまよ》っているのなら、その時はどうか……。

目的：戦士の亡骸《なきがら》を調べる（０／５）

報酬内容：４８００Ｇ／　３４１００ｅｘｐ

〇〇〇〇〇〇〇〇〇

依頼内容：悲しみを断ち切って

依頼主名：ケイトリン

有効期間：４８：００：００

依頼詳細：人生は長い。私の人生は彼等と過ごした時間が全てで、彼等との時間だけが生きがいだったの。お願い、それを奪ったアイツをどうか倒してほしい。そして町の皆の悲しみを断ち切って。

目的：デュラハンを討伐する（０／１）

報酬内容：１２７００Ｇ／　８６０００ｅｘｐ

〇〇〇〇〇〇〇〇〇

「これって、全部キレン墓地攻略ルート上にあるものだ」

気付いたケットルがそう呟く。

Ｋは嬉しそうに頷いてみせた。

「よく予習できてるね。そう、この三つはキレン墓地を普通に攻略したらわざわざ別の道に寄る必要もなく回収できるクエストだよ。キレン墓地攻略前にはこの三つを受ける！　これ鉄則ね！」

別のパーティであるため、第7部隊と修太郎はそれぞれ別にクエストを受注。これで全ての準備が整った事になる。

「じゃあ行こっか」

バーバラの声にショウキチとケットルは緊張した面持ちで頷《うなず》いた。キョウコとラオと怜蘭は気を引き締めながら頷く。

『二人とも、やりすぎない程度にね』

『任された！』

『承知した』

＊　＊　＊　＊

闇に愛されし土地――キレン墓地。

枯れた木々と朽ちた教会。

見渡す限り墓が並び、周囲には不気味に白いモヤが立ち込めている。

巨大な生物の骨が小高い丘を形成しており、墓標《ぼひょう》の中には錆《さ》びた剣だけの物もある。

かつてのβ時代にプレイヤー達を最も苦しめたそのエリアにある種の憧れを抱《いだ》いていた修太郎は、怖気《おぞけ》を覚えるようなその光景に目を爛々《らんらん》と輝かせていた。

「とりあえず……最初だから欲かかずに午後12時になったら一旦《いったん》引き返すことにして進もう。先頭は私で最後尾は怜蘭ね」

戦斧《せんぷ》を肩に担ぎながら、真剣な表情でラオが言う。皆はそれに黙って従い、隊列を崩さないように足を進める。

「特効ダメージが与えられる私と君がパーティの要《かなめ》だよ。頑張ろうね」

修太郎の周りをパタパタと飛び回る小さい黒竜《セオドール》に向け、表情を強張《こわば》らせてケットルが言う。

黒竜は「ガアウ」と一言。

ケットルは思わず笑みを浮かべる。

（そういえばセオドールの実力を知らないよね私達）

（でも修太郎君の召喚獣ならきっとまた常識を超えた活躍をする気がします）

後列のバーバラとキョウコがヒソヒソと何かを話している。キョウコの発言は真実に触れているのだが、今は誰も知る由もない。

「前方2時の方向に〝猟犬〟三匹。たぶん後ろから〝飼《か》い主《ぬし》〟も付いてくる」

ラオの声で皆が一斉に戦闘態勢となる。

修太郎が2時の方角に目線をやると、そこには首輪を付けた大きな三匹の犬がこちらに向かって駆けてくるのが見えた。

体長約4メートルの巨大な犬。

体の周りには薄《うつす》らと瘴気《しょうき》のようなものが立ち上っており、踏み締める爪《つめ》は鋭く太く、滴《したた》る涎《よだれ》は酸のように触れたものを溶かす。

キレン墓地周辺ｍｏｂ図鑑から引用すると、猟犬ベロアーは主《おも》に腐った肉を食べ墓場を彷徨《さまよ》う獰猛《どうもう》な獣である。体の半分はアンデッド化しており、辺りに瘴気を撒《ま》き散《ち》らしている。爪や牙《きば》には猛毒が含まれており、墓地に潜む最も恐ろしい生物である。

「最初の戦闘が〝犬使い〟とは――」

毒づくように怜蘭が呟く。

大地が揺れ、地響きが鳴る。

何かを引《ひ》き摺《ず》る音が響き渡る。

5メートル程の巨体を揺らし、犬を追うようにして人型のｍｏｂが第7部隊の前へと現れた。

首には何本もの剣が刺さっており、紫と緑の中間色の血液を撒き散らしていた。

　キレン墓地周辺ｍｏｂ図鑑から引用すると、死刑囚マンバルドはかつてカロア城下町《じょうかまち》で106人の命を奪った大量殺人鬼である。首切りの刑に処されたが、その屈強な肉体の前に何本もの名剣が折れたという。首なし公デュラハンの力によって墓から蘇《よみがえ》ると、ベロアーを飼い慣らし、墓場に迷い込んだ人間を襲わせている。

　準ボス級の猟犬を三匹引き連れ、自身もボス級の強さを誇る死刑囚マンバルド――β時代多くのプレイヤー達を屠《ほふ》っており、その時付けられたあだ名が〝犬使い〟である。

　決まった場所に留《とど》まらず、キレン墓地を隅々まで歩き回るその厄介な特性は〝大規模化しない侵攻《しんこう》〟とも呼ばれている。

　なお、この広大なキレン墓地に湧く犬使いは一組だけなので、遭遇確率は極めて低い。出会ってしまったのは〝不運〟である。

「私が敵視《ヘイト》を集めたら猟犬ＡからＣまで順々に！　人型は最後！」

　そう言ってラオがスキルを重ね掛けする。

　バーバラもラオに向け支援魔法を発動した。

「『こっちだ！』」

　ラオが《挑発》を使うと犬使いは標的をラオに絞る――そこへ第7部隊の集中砲火が炸裂《さくれつ》した。

　まずケットルの放った火球が猟犬Ａを襲うと、苦しい鳴き声と共に猟犬ＡのＬＰ《生命力》が5％ほど削れる。力強く地面を蹴ってショウキチと修太郎が追撃を加える。

「《三連撃》」

「《三連撃》」

前足、胴体、後ろ足——と、

滑らかな動きで剣を叩き込む二人。

特に修太郎の攻撃力は凄《すさ》まじく、武器を新調したショウキチの攻撃力も推奨数値を大きく上回っている。猟犬ＡのＬＰが残り７２％となると、上空から矢の雨が降り注ぎ、続け様にＬＰを６９％にまで減らした。

矢の雨を受けた猟犬達とマンバルド。

致命的なダメージは与えられてはいないものの、付与された火属性のダメージは無視できない。キョウコは次なる矢をつがえている。

「『こっちだ！』《アックス・バッシュ》」

敵視を集めるラオの《挑発》に加え、戦斧の腹の部分で猟犬Ａの頭を叩くと、猟犬Ａは硬直《スタン》状態となった。

マンバルドの豪腕がラオを襲う。

そして猟犬Ｂの噛《か》みつきが繰り出された。

猟犬Ｃは様子を窺《うかが》っているようだ。

直撃するも直前に防御スキルが展開され、ラオのＬＰが残り７７％となる。予《あらかじ》めバーバラによる軽減魔法と防壁魔法を受けていたラオは、驚くほど少ないダメージ量で敵の波状攻撃を耐えていた。

(犬使いの攻撃は流石《さすが》に痛いな)

心の中で舌打ちをするラオ。

怜蘭の剣が妖《あや》しく光る――――！

目にも留まらぬ速さで繰り出された斬撃は、６９％残っていた猟犬ＡのＬＰを３１％まで削り、猟犬Ａは剣圧に押されて吹き飛んだ。

「すげええ怜蘭！　一気に削れたぞ！」

「心強い！」

興奮した様子のショウキチとキョウコ。

残る敵は三体――の、筈《はず》だった。

猟犬達とマンバルドの体が四散する。

一行の前に、銀色の巨大な狼が鎮座《ちんざ》した。

「なっ!?」

「嘘《うそ》……！」

絶句するラオと怜蘭。

傍《はた》から見れば侵攻発生の瞬間のようであるが、実際はシルヴィアが本来の姿に戻っただけである。バーバラ達は、改めてその規格外さに唖然《あぜん》としていた。

レベルアップ音が連続して響き渡る。

『見よ、この電光石火の爪捌《つめさば》きを』

『…………』

得意げな顔で小黒竜を見下ろすシルヴィア。

セオドールは呆《あき》れたように無言を貫いていた。

＊　＊　＊　＊

ボス級ｍｏｂを単騎で屠る召喚獣の存在は、思ったよりもすんなりと受け入れられた。

ラオと怜蘭はシルヴィアをまじまじと見上げながら、興奮した様子で語り出す。

「最前線でも似たような奴《やつ》がいるし納得できるけど、これは三つのエリアを周回なんていよいよ楽勝か？」

シルヴィアの銀の毛並みを撫でながら、Ｋが掲示してきた課題について触れるラオ。

修太郎がそれに答える。

「皆には隠す意味ないもんね。でもシルヴィアが全部倒しちゃったら僕にとっても今後のためにならないし、今回みたいな不測の事態だけ動いてもらおうと思う」

『それでいいよね？』

『承知！』

実の所、今回のシルヴィアの攻撃は修太郎の指示でもあった。

通常の思考で考えれば、危険が伴う戦闘は全てシルヴィア《強い召喚獣》に頼るのが普通だし、不測の事態に不安がるパーティを危険に晒《さら》してまで出し惜しみする意味を修太郎は感じない。

戦力の開示。

秘密の共有。

（同じパーティメンバーにはシルヴィアの力はいつかどこかで見せることになるだろうし、それなら早めに二人にも把握してもらったほうがいいよね）

打算的に心の中で呟く修太郎。

修太郎はラオと怜蘭からの信頼も得ようと考えていた。そしてその目論見《もくろみ》は無事果たされることとなる。

「バーバラさん達があえて触れなかった理由もなんとなく理解した。強い力を持つ者はそれを皆のために使うのが義務だ——なんて考える人は、ここには沢山《たくさん》いるから」

何かを思い出すようにそう語る怜蘭。

最前線でも屈指の攻撃役だった彼女もまた、望まない戦いやくだらない抗争に参加を強要され精神をすり減らした過去がある。そのため、修太郎がシルヴィアの力をひけらかさず隠していた心理も理解できたのだ。

かくして、シルヴィアの力を知る者が更に二人増えた。

修太郎はどこか心に抱いていた〝後ろめたさ〟が、少しだけ軽くなったような気がした。

「ってかレベル上がって二次転職できるようになってる！　うおおお双剣士きた！！！」
ステータスを見て歓喜の声を上げるショウキチ。それにつられ全員がステータスに目を落とす。

Party.A
バーバラ（L）　聖職者　Lv.31
ショウキチ　剣士　Lv.31
ケットル　魔道士　Lv.30
キョウコ　弓使い　Lv.30
ラオ　斧戦士　Lv.37
怜蘭　大剣士　Lv.39

Party.B
修太郎（L）　召喚士《サモナー》　Lv.28
＋AcM　シルヴィア
＋AcM　セオドール

30に到達したプレイヤーは二次転職ができるようになり、二次転職後は今より更に強力なスキルやステータス恩恵《おんけい》を受けられる——単純なレベルアップよりも、目に見えて戦力増強が期待できるのである。

「攻略初日に犬使いの戦利品ゲットとは幸先《さいさき》いいな！　後ろにここまで心強い援護射撃もあることだし、ここからは基本に忠実に慌てず焦らず進もうか」

ラオの言葉に全員が頷く。

第7部隊は隊列を組んで歩き出した。

＊　＊　＊　＊

スケルトンの頭蓋《ずがい》が砕けると共に、ここいら一帯のｍｏｂが完全消滅した。

開けた空間に骨の落ちる音が響く。

ここはキレン墓地最初の難関である通称〝スケルトン広場〟で、足を踏み入れた者は、まるでモンスターハウスが如く押し寄せるスケルトン達をひたすら倒す必要がある。

初心者の事故率が一番高い場所でもある。

「っし、とりあえず午前中の折り返し地点まで来たかな？　休憩《きゅうけい》挟んで〝兄弟〟の所まで行ったら予定通り一旦カロアに戻ろ」

「は——、賛成ー」

「聞くよりも体験する方がよっぽど大変……」

連戦に次ぐ連戦で流石に疲れたのか、ショウキチとケットルは膝《ひざ》に手を突いて呼吸を整えている。

「ほらほら、帰ったら昇級《クラスアップ》も待ってることだしさ」

「そうだった！！　うおおおおやるぞ！！！」

キョウコの言葉にやる気を取り戻すショウキチ。バーバラと怜蘭は、ラオの言う〝兄弟〟までの道のりをMAPを開きながらおさらいしている。

『なんか変な感じしないか？』

唐突にそう言い出すシルヴィア。

修太郎ではなくセオドールに問い掛けているようだ。

『妙《みょう》な場所だからか？』

『いや、なんかこう、臭《にお》いというか』

『犬の勘か？』

『トカゲには分からないか』

（魔王達って基本仲悪いのなんでなんだろ……）

魔王達の喧嘩《けんか》を聞きながら修太郎は何気なく墓地を見渡す。

墓地は不気味なほど静まり返っているが、シルヴィアの言う〝臭い〟も感じられず、修太郎は気にせずショウキチとケットルの元へと歩いていった。

＊　＊　＊　＊

地響きと共に、巨大な骨が崩れ落ちる。

とどめを刺したショウキチは威張る様子もなく、深く息を吐いて二本の剣を鞘《さや》に収めた。

「そういえばさ、なんで最前線の人達はエリアの隅々まで調べてから次に進むんだ？　ボス倒してどんどん進めば今頃はもっと先のエリアが最前線なんじゃないの？」

午前中の目標だった二体の巨人スケルトン通称〝兄弟〟を倒した帰り、カロア城下町へと向かう道の途中ふとショウキチが呟く。

「それはアレだ、後発組を育てる必要があるからだ」

戦斧を肩に担ぎながらラオが答える。

「もし仮に最前線組が必要最小限の情報で攻略してどんどん先に進んじまったら、後発のプレイヤー達が未発見の何かによって命を落とすかもしれないだろ？　最前線はゲームクリアを目指すと同時に、自分達が全員死んでしまった場合の〝次〟も考えて進んでるんだよ」

デスゲーム化した現在、最前線組がエリア一つクリアするのにかかるのは一週間程度と言われている。

未開拓マップという前提で、マップ開拓と罠の位置と種類把握に三日、敵の特性を掴《つか》むために一日、ボスの特性と攻撃パターン把握に二日、そして本格攻略に一日といった内訳である。

最前線組は常にいつ自分が死ぬかも分からない状況にいる。そのため自分達が命がけで開拓していったエリア情報を後発組に繋《つな》いであげる必要があるのだ。

故に、しっかりと予習したパーティの死亡率は極めて低い。

最前線組が苦労して集めた情報により、後発組はエリアの特性を100％理解したうえで挑む事ができる。レベルさえ満たしていれば一日あればクリアできる場所がほとんどである。

「私がショウキチとケットルを連れ回した施設、NPC《現地民》、掲示板はゲームにちりばめられたエリア攻略の〝手掛かり〟だけど、これはそれらの場所を見つけ出して、無償《むしょう》で提供する攻略組の功績があればこそだ」

「へええ、かっこいいな」

ショウキチは目を輝かせる。

聞いていた怜蘭は寂しそうに笑う。

ラオも空を見上げながら苦笑《くしょう》していた。

「親友の死で参って、最前線で頑張る意味が分からなくなって、でも何もしないのは耐えられないから後発組の支援でも――ってアリストラスに戻ったわけだけど……」

そう言いながら、振り返るラオ。

「こうやってショウキチやケットル、そして修太郎みたいな有望な後発組が育っている現場を見てたらさ〝あぁ、私達のやってきた事って意味があったんだな〟って思えたよな」

視線は最後尾を歩く怜蘭に向ける。

真剣な表情で見つめ返す怜蘭。

「だからもう一回、私は最前線で頑張りたいと思ってる。私達の頑張りは、ちゃんと後発組に受け継がれてる。私達の頑張りは、非戦闘民の希望になってるって分かったから」

もう折れないよ——

強い意志で最後にそう呟くラオ。

「白蓮《ビャクレン》に会いに行く。そんでたくさん謝る。あいつのやってきたことは、全部が間違いだったわけじゃない。それがようやく分かったから」

「決心がついたんだね」

「うん。ありがと、ここまで待ってくれて」

親友を死なせた事による喪失感に加え、自分達の努力は本当に実っているのかという疑問にぶつかり、心を病んだラオ。しかしアリストラスで強く生きるプレイヤー達や、希望を捨てていない第7部隊を見て、再び最前線を目指す決心がついたようだ。

怜蘭は多く語らず、目を伏せて頷く。

「じゃあこれからは最前線目指すのか!?」

「うん。だから悪い、そっちの最終目標は違うかもしれないけど、私達は最終的に最前線へ……」

そこまで言いかけたラオ。

バーバラは呆れたようにラオの背中を叩いた。

「もう、なーに言ってるのよ。私達全員で〝第7部隊〟なんだから気を遣わなくていいの！　それに――私達の目標は最初から最前線だったわけだし」

驚いたように振り返るラオ。

キョウコやショウキチ、ケットルも同じように、決意を秘めた瞳を向けている。

「そっか」

嬉しそうに唇を噛み締めるラオ。

こみ上げてくる何かを必死に耐えていた。

「じゃあさ、じゃあさ、怜蘭が戻ったら最前線三本指が復活じゃん！」

「ふふ。もう私の席には誰かが座ってると思うけどね」

ショウキチの言葉に苦笑して答える怜蘭だったが、その目に静かに闘志を燃やしていた。

＊　＊　＊　＊

攻略再開は１４時スタートとなった。

消費したアイテムの補充と転職を済ませ、各自訓練場で調整を行った後、集合となる。

休憩でエリアから町へ戻るというのは割と珍しく、精神面での負傷者や倒せない敵、超えられない罠が発生した時に見られる作戦であったが、今回はショウキチとケットルへのラオなりの配慮であった。

「修太郎！　案内所！　案内所行こうぜ！」

「あっ、私も行く!!」

修太郎はティーン組に連れられ職業案内所へと向かっていた。引率として、楽しそうに怜蘭が付いてきている。

「こんにちは。昇級希望ですか？　転職《クラスチエンジ》希望ですか？」

ＮＰＣの言葉に、二人は迷わず「昇級です」と答えた。

「ケットル様は〝魔道士〟ですので、昇級できる上級職はこちらの四種となります。ショウキチ様は〝剣士〟ですので、昇級できる上級職はこちらの四種となります」

ずらりと並ぶ上級職を眺めていた二人は顔を見合わせ、思わずガッツポーズを取った。

ショウキチが狙っていたのは二本の剣を扱う〝双剣士〟で、ケットルが狙っていたのは火属性魔法に特化した〝赤魔道士〟である——しかしこの二つは転職に条件付きのいわゆる〝レア職業〟であるため、育成を間違えると出現しないという恐れがあった。

二人の様子を見るに、どうやらお目当ての職業が出現していたらしい。

二人の体が光に包まれる。

「おおお！　双剣スキル増えてる！　両方の剣にも補正掛かってるし、俺の時代きた!!」

飛び跳ねて喜ぶショウキチ。

彼が選んだ双剣士は近接系最強の呼び声が高い職業の一つ。強力な一撃はない分、手数で敵を圧倒する戦法を得意とし、最大の特徴は両手の剣にそれぞれステータス補正が加わること。

剣士の職のままでは利き手と逆の装備に補正が掛からず、むしろ十分に扱えていないからとマイナス補正が掛かっている。しかし、双剣士になれたということは二本の剣を十分に扱えていると認められた証《あかし》だ。その攻撃力は通常の剣士の比ではない。

「あっ、他の属性魔法消えてる。本当に火属性特化の職業なんだ……」

スキル欄をまじまじと見つめるケットルが選んだのは〝赤魔道士〟で、こちらも名前通り炎を扱う魔道士である。

魔道士という職業は器用貧乏といった特徴で、様々な種類・属性の魔法を操れる代わりに威力や範囲はイマイチという職業。

対してこの属性名が付いた魔道士は、その属性の魔法しか使えなくなる代わりに、魔法威力が格段に上がる。特に元々の攻撃力が高い火属性を極めた〝赤魔道士〟は、魔法攻撃職《キャスター》最強との呼び声が高い。

分かりやすく強力な職業を目指した二人。

転職した今、二人の強さはどれほどか——

「修太郎」

ショウキチは修太郎の方へと向き直る。

「俺も試合したい」

「望むところだ！」

修太郎の言葉に力強く頷くショウキチ。

見ればケットルもやる気に満ち満ちている。

「聞き込みして分かったけど、俺はレベルに余裕があればエリアの予習も別に平気って思ってた。けどそんなんじゃ全然ダメだ。ここから先のエリアはたとえ万全の準備しても足を掬《すく》われるのが普通なんだ。さっきの犬使いを前にしてビビってた自分がいたから」

腰に下げた二本の剣を撫でながら、悔しそうな表情で続けるショウキチ。

「だからこれまで以上に準備しなきゃなんだ。だから試合したい、今すぐにでも。対人も対ｍｏｂも、一対一も集団戦も全部やりたい」

ショウキチは決意を秘めた表情で訴える。

修太郎はそんなショウキチを見て何故《なぜ》だか嬉しい気持ちになり、笑顔で頷いた。

「うん、納得いくまで付き合う！」

〝自分の新しい力を試したい！〟という好奇心からではなく〝転職後の自分はどの程度戦えるのか〟を純粋に測りたい――そんな気持ちが、ショウキチの様子から伝わってきた。

怜蘭も嬉しそうに口を開く。

「じゃあ午後に向けてＰｖＰと集団想定をやろっか。私も納得いくまで付き合うから」

「やった!!」

歓喜の声を上げるショウキチとケットル。

四人はバーバラ達にメールを入れた後、その足で訓練場に向かったのだった。

＊　＊　＊　＊

10戦1勝9敗――

ショウキチの修太郎との戦績である。

怜蘭とは10戦10敗という戦績となっていた。

「ふぅー。修太郎とはやればやるほど差が広がっていくって感じがする。怜蘭とは最初から格が違うというか、まぁ完敗」

大の字になってそう語るショウキチ。

隣には同じ形でケットルが倒れている。

「結局私がこの中で最弱かぁ」

「でも魔法攻撃職《キャスター》って近接系の職業と相性悪いから、最前線でも近接系に勝ち越せる魔法攻撃職《キャスター》はそういないよ」

全員分のドリンクを用意しながら、怜蘭は苦笑を浮かべフォローする。

実際、魔法攻撃職《キャスター》と近接系の勝負はMAPにもよるが近接系の一方的な試合になる場合が多い。

「攻撃による詠唱中断《キャストキャンセル》とかは無いけど、こっちが撃つまでに五回も六回も殴られたら割に合わなすぎる」

そう言いながらケットルはショウキチを睨《にら》む。特にショウキチとの相性は最悪で、１０戦のうちケットルが勝てたのはたったの一度だけだった。

「でも地形をうまく使えた時のショウキチ君は防戦一方の末に負けてるし、魔法攻撃職《キャスター》は手数より一撃の威力だったりするからやりようはあるよ」

「私の訓練不足、か」

怜蘭にそう言われ納得するケットル。

ショウキチは清々《すがすが》しい気持ちで天井を見ていた。

「でも俺はこれから何を鍛えたらいいか、なんか摑めた気がするぞ！」

「私だって課題見つかったもん。それに集団戦での火力は一番だったし、次からのキレン墓地攻略では結構役に立てそう！」

どこか満たされたように語り合う二人。

その光景をニコニコしながら見つめる修太郎に、怜蘭が声を掛ける。

「召喚獣の強さは置いといて、修太郎君はどうしてそんなに強いの？　どこかで鍛えてた？」

「うん。修行した！」

「修行かぁ。どんな修行してたの？」

「ええとね……」

そう言いながら、修太郎はバートランド達との修行風景を思い出していた。

『まずは武器と一つになりましょう。常に武器と共にあり続け、それが体の一部になるまで続けます』

『他のスキルを鍛えるのは今のスキルが最大まで育ってからです。今日は反復練習を軽く1万回ずついきましょう』

かなり忍耐力が求められる内容だったのだが、修太郎にとって剣を扱う・振るうことは好きなことの延長であるため実に楽しくこなせていたのだった。

「寝るときもお風呂の時も常に剣を持ってたかも——それを二年くらい」

「二年⁉」

加速世界での二年であるが、怜蘭をはじめ普通のプレイヤーは当然別の事を想像するだろう。

（そもそもの生き方が違いすぎる……でも腑《ふ》に落ちたかもしれない）

プレイヤーになる前から達人のような生き方をしていたと想像した怜蘭。修太郎の強さに裏付けが取れたため、妙に納得していたのだった。

＊　＊　＊　＊

集合場所に第7部隊が揃った。

バーバラとキョウコを見るなり「昇級した⁉」と詰め寄るショウキチ。二人は「もちろん」と頷いてみせた。

バーバラ（L）　司祭　Lv.31
ショウキチ　双剣士　Lv.31
ケットル　赤魔道士　Lv.30
キョウコ　狩人《ハンター》　Lv.30
ラオ　斧戦士　Lv.37
怜蘭　大剣士　Lv.39

第7部隊はこれで全員が二次職となった。

大幅な戦力拡大が期待できる。

バーバラの選んだ〝司祭〟は聖職者よりも更に回復能力に優れている。豊富な防御魔法と回復魔法を覚え、微量ながら攻撃魔法も強化されており、万能職に分類される職業だ。

キョウコが選んだ狩人は、弓に特化した射手《アーチャー》と違い副武器の短剣なども大幅に補正強化される職業。特に自己完結能力が高く、遠距離には弓、中距離には投擲《とうてき》、近距離には副武器と死角のない——こちらも万能職に分類されている。

最大の特徴は、盗賊系のスキルである罠解除や設置が行える点。エリア内の罠を無効化できれば回り道の必要もなく、攻略効率も更に上がるというもの。

大人二人は色々サポートに回れる万能職を選び、ティーン組二人は戦闘特化型の職を選んでいる。奇《く》しくも普段の戦闘の立ち回り方がこの選択に表れているようだった。

「二人も昇級したんだね！」

「あったり前よ！　見てよ念願の双剣士！」

キョウコの言葉に、ショウキチは二本の剣を抜き放ちキメ顔でポーズを取る。その様子をラオと怜蘭は微笑《ほほえ》ましそうに眺めており、ケットルは「ほんと子供ね」と肩を竦めた。

「よし。それじゃあ色々試したい事はあると思うけど、焦らず行きましょうか」

バーバラの言葉を合図に、第7部隊は再びキレン墓地へと向かったのだった。

＊　＊　＊　＊

現れたスケルトン・ナイトに向け、ショウキチが速攻をかける――両手に持つ二本の剣が、心なしか輝いているように見えた。

「《乱れ突き》」

ズガガガガッ！

凄《すさ》まじい斬撃音《ざんげきおん》が響いた。

分厚い鎧を装備し物理防御に特化したスケルトン・ナイトは、目にも留まらぬ双剣の連続突きにより一瞬にしてＬＰバーを全損させる。

「すっげえええ全然威力が違う！」

確かな手応《てごた》えを感じるショウキチ。

ラオはジト目で頭を小突いた。

「盾役《タンク》より前に出るな」

「すみません……」

反省した様子のショウキチ。

一連の戦闘音に釣られて、待機していたマミーの群れがこちらにやってくる。

キレン墓地周辺ｍｏｂ図鑑から引用すると、蘇った死者であるマミーは土葬されたままの姿で夜間墓場を徘徊《はいかい》する。ゾンビと混同されがちだが、怨念《おんねん》を原動力としているため、マミーの方がより凶暴であるとされている。

「集団相手は任せて」

冒険者の成れの果てのような風貌《ふうぼう》をした五体のマミーを前に、今度はケットルが杖《つえ》を構える。

「《煌《きらめ》く光》」

ケットルの端整な顔立ちが光に照らされる。

僅《わず》かな詠唱時間ののち、太陽が生まれた。

薄暗かったキレン墓地が一気に明るくなると、苦痛の唸《うな》り声《ごえ》を上げ徐々にＬＰを減らしてゆくマミー達。

この太陽はケットルの言葉で動きを変える。

最大の攻撃力・範囲を誇る言葉は——

「『爆《は》ぜろ！』」

マミー達の真ん中に沈む太陽は、膨張したのちに大爆発を引き起こす。その威力は五体のマミーだけに留まらず、周囲を飛んでいた蝙蝠型ｍｏｂをも巻き込み、その全てを消失させる。

「流石！　見た目も威力も段違いだなー」

眉の上に手を置き見渡すような仕草をして、惚《ほ》れ惚《ほ》れするような声を上げるラオ。

澄まし顔をして杖をしまうケットルにジェラシーを感じつつ、ショウキチも同じように剣を鞘へと収めるのだった。

＊　＊　＊　＊

一行がしばらく進むと最初の注意ポイントに差し掛かった。注意ポイントとはつまるところ〝強力ｍｏｂ、複数ｍｏｂ、罠、多分岐〟を指しており、今回は〝罠〟であった。

道が分かれる部分にある墓はある程度近づくと毒針を飛ばしてくる。治癒の魔法や毒消しがなければ回復できない厄介な状態異常だ——慎重な面持ちでキョウコが口を開く。

「毒矢の罠ですが、ちょっと試していいですか？」

なにかツールのようなものを持つ彼女がその墓の後ろへと向かい、罠の解除を試みる。スキルのレベルによって成功度は変動するのだが——

カチリ。と、音が鳴る。

「無事外せました！　外した罠は私の所持品に入れられるんですねこれ」

スキルのレベルが低いため、成功率にしたら１５％程の罠外しを成功させたキョウコ。

「でも失敗したら暴発して自分の方に飛んできたりとかあるから気を付けろよ」

「ちょ！　先に言ってください！」

カラカラと笑うラオに怒りの抗議をするキョウコ。怜蘭もつられて笑いながら、ラオの言葉を補足する。

「言うタイミングはともかく事実だよ。でも司祭になったバーバラさんもいるし、こういうのは挑めるときに挑まないとレベル上がらない。臆さず挑戦すべきだと思う！」

「ううう、ボウハツ、コワイ」

早くも心が折れかけているキョウコ。

エリア難易度が高くなるにつれ、罠の殺傷能力も上がってゆく。回避できるうちはそれでもいいのだが解除必須の場面も珍しくない。〝罠解除〟のスキルを鍛えているプレイヤーは少なくとも現在の最前線では必須級となっていた。

その上、先ほどキョウコが気付いたように解除した罠は持ち物として入手ができる。それを用いてボス攻略をしたり、ＰｖＰを優位に立ち回ることができるのである――もっとも、設置には別の〝罠設置〟スキルを育てなければならないのだがそれはまた別の話。

＊　＊　＊　＊

ケットルが墓に花を添えると、現れていた幽霊らしき人影が満足そうに微笑み、光と共に消え去った。面々の通知の欄にクエスト完了の文字が浮かぶ。

「よっし、これでクエスト二つも終わり、と」

腰に手を当て頷くラオ。

Ｋが受注した三つのクエストは、正規のルートを進めば道すがら完了できるものばかりであるため、殆《ほとん》ど手間も要らずに報酬が得られる。といっても、報酬を得るにはクエスト受注場所であるカロア支部に戻る必要があるのだが。

最後のクエストもボス撃破が条件である。

「残るはボスのデュラハンのみ？」

「だね。最後の戦闘エリアを制覇すればデュラハンのいる館まで一本道」

バーバラの問いに答えるラオ。

ショウキチとケットルは緊張から息を飲む。

「やっぱり修太郎君は緊張しないね」

「えっ？　そう見える？」

「うん、全然普通に見える。初めてのボス戦って、私はいつになっても緊張するから素直に羨《うらや》ましいよ」

いつも通りの様子でいる修太郎に、怜蘭は微笑みながらそう語りかける。

「デュラハンはそうかも。だって僕、βテスト外れたから、デュラハンの戦闘動画とか攻略記事読むしかなかったし——だから緊張よりも、ワクワクの方が強い！」

いつか自分も剣を手にデュラハンと戦うんだ——舞台こそ〝ゲーム〟から〝デスゲーム〟へと変わったものの、修太郎の気持ちは変わらなかった。

「それに僕にはシルヴィアとセオドールがいるから、やっぱり他の人よりもデスゲーム《この状況》にかなり楽観的なんだと思う」

実際、侵攻発生時にレベル３７のネグルスを瞬殺したシルヴィアがいれば、推奨レベル３０前後のデュラハンなど脅威にはならない。

緊張した面持ちのショウキチは、修太郎がいつも通りである理由に納得したらしく安堵《あんど》のため息をつく。

「まあ打ち負かされた身からすると、修太郎君は召喚獣《仲間》の有無は関係なくかなり肝の据わった性格してると思うけど」

「そうなのかな？」

不思議そうに首を傾《かし》げる修太郎に、怜蘭は「絶対そう」と苦笑してみせたのだった。

＊　＊　＊　＊

「じゃあそろそろ出発しよっか」

バーバラの言葉に全員が頷く。

そして最後の戦闘場所へと足を進める一行は、前方に何かと戦闘を繰り広げる野良《のら》パーティらしい集団を目にした。

「犬使い？」

最後の戦闘場所に轟音《ごうおん》が響く。

必死に戦う六人組と、それに対峙《たいじ》する三匹の猟犬。

「もう再湧《リポップ》きしたのかよ」

と、ラオは悪態をつく。

「だとしても1日に2回も遭遇するなんて本当に稀《まれ》」

怜蘭が言うように、通常のｍｏｂとは違い、ボス級ｍｏｂである犬使いはリポップまでにかなりの時間を有する。その上、この広大なエリアで二度も遭遇する確率は極めて稀である。

「苦戦してる――？」

異変に気付いたのはショウキチだった。

野良パーティは猟犬相手に悪戦苦闘しており、ちぐはぐな連携だが上等な装備をつけているためか、悪い状況でも致命傷を負わずに済んでいるように見える。

とはいえ、のんびり観察している時間はない。状況はかなり切迫した状況にあるようだ。

考えるよりも先にラオが走り出す。

コンマ数秒遅れ、修太郎も駆け出した。

「私達も！」

数秒遅れてバーバラ達も動き出した。

その頃にはすでに、ラオが逃げ惑うプレイヤーを追いかける猟犬Ａに飛び掛かっていた。

『我々で処理しますか？』

そう尋ねるセオドール。

修太郎は後方を確認し、かすかに微笑んだ。

『ううん、今回は大丈夫』

赤色に光るケットルの瞳。

「《火炎柱》」

発動したのは昇級によって得た新スキル。

ケットルはそのまま杖を素早く操作し、大技を溜《た》めていた猟犬Ｃの足元を指定する——と、
周囲の温度が一気に上がった！

地面から噴き出す灼熱《しゃくねつ》の火柱。

それは猟犬Ｃの顎の下から抉《えぐ》り上《あ》げるように天へと伸び、無警戒だった猟犬Ｃは宙を舞う。

　20%ものLPが一気に消える。

「《五連突き》！」

　ショウキチの新スキルも炸裂！

　剣士スキル最大の攻撃数を誇る三連撃を更に超える五連突きは、猟犬BのLPを合計25%削る！　そして追撃する形で螺旋《らせん》回転する一本の矢が眉間を貫き、更に10%のLPを失った猟犬Bは後方へと弾《はじ》き飛《と》ばされた。

　激昂《げきこう》した様子の死刑囚マンバルドが武器を振り下ろすその刹那《せつな》――ラオの怒号が墓地に響き渡る。

　マンバルドの体が弾き飛ばされた。

盾役《タンク》のスキル《威嚇》によるものだった。

起き上がることができないマンバルド。

犬達がそれに気付き、一斉にラオを見た。

「一気に集めるぞ。『こっちだ！』」

　戦斧を構えながら闘気を放つラオ。

　別々の対象に向けられていた猟犬達のヘイトは《挑発》によって全てラオに向けられた。その間にバーバラは負傷した野良パーティの回復を行い、混沌《こんとん》とした戦場が一気に整っていく。

　宙を舞っていた猟犬Cが爆散する。

　細長い十字架の大剣を手に着地する怜蘭。

雪のように舞い散るｍｏｂの死体《光の塵》が降り注ぐ。

「まずは一匹」

残りのｍｏｂを睨む怜蘭。

野良パーティの表情に安堵の色が浮かんだ。

一度苦戦を強いられた第7部隊だが――大幅にレベルも上がり昇級もした事により、形成は完全に逆転していたのだった。

* * * *

豪火に焼かれ、崩れ落ちる犬使い。

そこかしこからレベルアップの音が鳴り、あたりは静寂に包まれた。

悲鳴にも似た歓声が沸き起こる。

野良パーティの多くはへたり込んでいた。

「助かりました!!」

駆け寄ってきたのは野良パーティのリーダーらしき男。

金色の髪を立てておりヤンチャそうな印象を受ける。

「皆さん無事ですか!?」

周囲一帯を回復する《治療の陣》を発動しながら、野良パーティの安否確認をするバーバラ。

リーダーらしき男は「お陰様で全員無事っす！」と、安心したように答えた。

「一旦敵の出ない場所まで行こうか。色々混乱してるだろうから」

ラオの言葉に野良パーティは何度も頷く。

一行は道外れの開けた場所に移動する。

「まさか消耗した所で犬使いに遭遇するとは、占いが当たっちったよ」

安全な場所に来て落ち着いたのか、いつもの調子を取り戻したらしい金髪の男が苦笑する。

男を咎《とが》めるようにメンバー達から野次が飛んだ。

「適正レベルを満たしてないのに装備で底上げして無理やり挑むからそうなるんだよ！」

「紋章の支部長が言ってた通りになったじゃん」

バーバラが事情を聞くと、この野良パーティは平均レベル25とキレン墓地の適正よりはやや低かった。しかし〝たまたま拾ったモノ〟が高額で売れたため、それを資金に装備を一新して無理やりキレン墓地に挑んだのだという。

（Kさんはこの人達がキレン墓地に挑むのを許可して鍵を渡したのかな？）

（たぶんギルド無所属だから強制力がないんだと思う）

声を潜める修太郎とケットル。

ケットルの考察通り、ギルド無所属のプレイヤーに紋章ギルドから強制力のある命令などは届かない。それはKも言っていたように、紋章ギルドのメンバーも〝単なるプレイヤー〟に過ぎないからである。ギルド所属のプレイヤーよりも、無所属の野良パーティの方が圧倒的に死亡率も高いのは、こういう所に理由があった。

「その、たまたま拾ったモノとは？」

気になった怜蘭が尋ねると、金髪の男は得意げに答えた。

「一昨日《おととい》くらいにウル水門付近で拾ったんすよ。たぶんプレイヤーの落とし物かなと思ったんすけど、うちのメンバー誰も装備できないから思い切って売ったんすよ！　あれまた落ちてないかなぁ」

そう答える金髪の男。

考える素振りをしたのち、怜蘭が口を開く。

「それ、多分遺品かも」

「遺品？」

怜蘭の言葉に金髪の男が驚く声を上げた。

「プレイヤーが死ぬとね、所持品や装備品のいくつかがその場に散らばるの。時間が経《た》つと消えてしまうんだけど、物によって時間差があるから最後に残った物を拾ったんじゃないかな」

それを聞いてバツの悪そうな顔をする野良パーティ。微笑みかける怜蘭は、その行為を否定することはしなかった。

「別に盗んだわけじゃないし、売るのだって拾った人の権利だと思う。そうやって別の人の糧《かて》になるなら本望だと、私はそう思うし」

最前線を生き抜いてきた彼女だからか、その言葉には妙な重みがあった。

野良パーティ達は互いに顔を見合わせる。

でも――と、続ける怜蘭。

「気を悪くしないでほしいけど、装備で無理に底上げしてまで適正以上のエリアに挑むのはやめた方がいいと思う。ボスモンスターに備わっている特性によって攻撃は全て半減されちゃうし、無茶し続けたら――死ぬと思う」

今のままだと死ぬ。

ハッキリとした口調《くちょう》でそう告げる怜蘭。

適正以上のレベルを推奨する理由はここにある。

攻撃が半減されるということは戦闘が長引くということで、長引けば集中力の低下・連携のミス・アイテムの枯渇など、時間を追うごとに〝死〟に近付くからだ。

金髪の男は俯《うつむ》きがちに頷いた。

「出直します。そんで、遺品の武器はもうなくなったけど、ソイツが残した〝生きた証〟を繋ぐ気持ちで、また色々挑戦するっす」

自分が無茶をしている自覚があったためか、怜蘭の一言で心からの反省をする金髪の男。パーティメンバー達に「ちょっと急ぎすぎたね」と励まされ、涙ぐんでいた。

「出口まで送ろうか？」

「いえ、道中の雑魚《ざこ》ｍｏｂだけなら装備のアドバンテージで苦戦せず進めるのでお気《き》遣《づか》いなく！　徘徊ボスの犬使いもまだ再湧きしないと思いますし」

ラオの申し出をメンバーの一人が有《あ》り難《がた》そうに断りながら、落ち込むリーダーを励ます形でその場を後にする野良パーティ。

その背中を見送りながらショウキチが呟いた。

「遺品かぁ」

「どうしたの？」

そう尋ねるケットルに、ショウキチは感慨深げに続ける。

「俺らって、死んだらデータの屑《くず》になって消えるだけじゃん？　でも遺品として何か一つ残ってれば、少なくとも拾った人の中では生き続けられるのかなって思った」

それを聞いてラオと怜蘭は口をつぐむ。

「この世界で死ぬなんて考えない」

少し怒ったようにケットルが反論する。

「遺品だって、拾った人だって、今は全部データにすぎないもん。データの屑になって死ぬなんて嫌。私はこの地獄を終わらせて外に出て、好きな人と結婚してたくさん子供を産んで、おばあちゃんになって家族と孫達に囲まれたベッドの上で死ぬって決めてるもの」

それはショウキチに言った……というより、そう自分に言い聞かせているように聞こえた。

ラオは嬉しそうにケットルを力一杯抱きしめた。

「っし！　じゃあ私はケットルが好きな人と結婚する所を見るまでは死なないぞ！」

豪快に笑うラオ。

ケットルは顔を真っ赤にして暴れている。

「てか好きな人って誰？　誰？」

「ショウキチ君？　それとも修太郎君？」

大人の女性達にからかわれ罵《ば》詈《り》雑言《ぞうごん》を吐き散らすケットル。ボス戦前の緊張など吹っ飛んだ一行は、そのままキレン墓地最深部であるデュラハンの館へと向かったのだった。

＊　＊　＊　＊

首なし公——

およそ3メートル近い屈強な体躯《たいく》が玉座からゆっくりと立ち上がった。全身鎧《フルプレートアーマー》で身を包み、背中には擦れたマントを羽織っている。腰には立派な剣がみえる。

キレン墓地周辺ｍｏｂ図鑑から引用すると、首なし公爵デュラハンはキレン墓地のアンデッド達を生み出した存在と言われている。思念や怨念を操り遺体に歪《いびつ》な生命を与え、生ある存在を襲わせ配下を増やしている。その昔、大きな国の高名な騎士だったが冤罪《えんざい》によって処刑され、強い怨念を残していたためこの様な姿で蘇ったとされている——

デュラハンの館は上等な洋館のような内装で、玄関扉を抜けた先に、広い空間と赤い絨毯《じゅうたん》が広がる。そしてその奥に鎮座する形で首のない騎士が来訪者を待っているのだ。

最終確認を兼ねて、パーティの要である盾役のラオが説明してゆく。

「注意するべきは第二フェーズ直後の広範囲斬撃とその後の連続攻撃。第二フェーズ以降の雑魚召喚と、第四フェーズ以降の斬撃延長。その際壁に寄りすぎると……」

「罠が飛び出して致命傷、だよな？」

言葉を続けるショウキチ。

ラオは満足そうに頷いた。

ショウキチだけでなく、ここにいる全員がエリアの特性からデュラハンの特性、使用技、注意点を把握している。

「前半は私も積極的に攻撃に加わるから」

気合を入れるバーバラ。

彼女の扱う聖属性も、アンデッドタイプのｍｏｂには特攻効果を持つのだ。

「フェーズ移行後の雑魚処理は任せて！」

ケットルが口にしたと同時、錆び付いたような音を立ててデュラハンが動き出す。

両手で重そうな剣を引き抜くと、下段の構えのような形で剣先をずりずりと引きずりながら、第7部隊の方へと歩み寄ってくる。

戦闘開始――――！

まず最初に動くのはラオ。

赤色の闘気を纏《まと》いながら激しく戦斧を叩き付け、一気に敵視《ヘイト》を稼いでゆく。

「《鋼の魂》《剛力》《鋼の魂》《トライン・アクス》《ブランディ・ストライク》《鋼の魂》《ディグ・パニッシャー》」

デュラハンの剣を防御スキルで弾いた後、怒濤《どとう》の猛攻で畳み掛けるラオ。絶妙な組み合わせで硬直時間もなく繰り出されたスキル群の威力は、最前線の攻撃役に勝るとも劣らない。

最後の《ディグ・パニッシャー》によって数秒のスタンが入ると同時に、今度はケットルとバーバラの魔法が乱れ飛ぶ。

「《火龍《かりゅう》の礫《れき》》」

「《聖なる光》」

極大の火の玉と直線に進む光線がデュラハンの体に撃ち込まれ、その巨体が宙に浮く。

足元まで距離を詰めたショウキチ、修太郎、怜蘭の近接攻撃役達の剣が光を放つ。

「《五連突き》」

「《三連撃》」

「《大斬撃》」

みるみる減ってゆくＬＰ。

一連の攻撃によって、デュラハンはＬＰを１７％失った。

「削り絶妙！　第二フェーズ入る前に強化掛け直し！」

ラオの指示によりバーバラとキョウコがバフを掛け直す。ラオは自身の防御力上昇とクリティカル回避のバフを使い、最後に全員のダメージを一度だけ肩代わりする《騎士の決意》を発動した。

全ては、第二フェーズ開始直後の強い攻撃に備えるため――

一般的に、ボスｍｏｂはＬＰが２０％減るごとに〝フェーズ〟が変わり、攻撃パターンを変えてくる。

戦闘前にケットルが請け負った〝フェーズ変更ごとの雑魚召喚〟も該当し、それに加え、強力な技や回避が困難な技などを仕掛けてくる場合が多い。

そのため、体力の削りを２０％未満に抑え、フェーズ変更に備えるのは攻撃役の仕事の一つでもある。

「遠距離組頼んだ！」

準備が済んだと判断したラオから指示を受け、ケットルとバーバラが魔法詠唱を、そしてキョウコがスキルを発動させた。

「《火竜の礫》」

「《裁きの光》」

「《強撃―火炎の矢》」

防御態勢を取るデュラハンだったが、その殆どを体に受けＬＰを更に７％減らす。そしてＬＰが合計２０％以上削られたことにより、デュラハンの動きに変化が見られた。

「第二フェーズ最初の連続強撃――」

怒号にも似たラオの声は、耳をつんざく金属音によって掻《か》き消《き》えた。

ギャリィィイィン!!

ラオの戦斧とデュラハンの剣が衝突。

激しく火花と金属音を轟かせた。

「援護に……」

「ううん、衝撃波に備えて！」

心配する修太郎に、怜蘭は短くそう伝える。

金属音に合わせるように周囲に広がる斬撃が発生し、波紋のように伸びたそれは第7部隊に襲い掛かる。

たちどころに吹き飛ばされる面々だったが、ラオの《騎士の決意》によってダメージが肩代わりされ、無傷となっていた。

「第二フェーズの一撃目だけ範囲攻撃になるの厄介だね」

「ちょちょ！　そんな悠長なこと言ってる場合か!?　攻撃がラオに全部集まってるってやばくないか!?」

不機嫌そうに体勢を立て直す怜蘭。

ショウキチは慌てた様子でラオを見た。

ラオは何食わぬ顔でデュラハンとの鍔迫《つばぜ》り合《あ》いをしている。彼女のＬＰ減少値は全員の分を肩代わりした割に、驚くほど少ない。

「《火炎の嵐》」

杖を動かすケットルの範囲魔法が、周囲に湧き出していたアンデッドを焼き払う――その間もラオはデュラハンと一対一で武器での応酬を繰り広げている。

近接組は合図が来るまでじっと耐える。

「やっぱりレベル差もあって硬いのか？」

「それもあるけど、あれは盾役に最適なラオの固有スキルの効果。第二フェーズ序盤の連続攻撃はあの子一人で余裕で耐えられる」

ショウキチの問いに、ラオに対する信頼感からか、怜蘭は落ち着いた様子でそう答えたのだった。

ラオの固有スキルは《達人の鎧》。

効果は〝防御に連続成功すると、自動的に防御力強化のバフが掛かる〟というもので、怜蘭の言うように世の盾役にとっては垂涎《すいぜん》もののレアスキルである。

第6部隊ガルボの《瓜二つ《ドッペルゲンガー》》のような、幅広くどの職業でも応用の利《き》く固有スキルも重宝されるが、ラオの《達人の鎧》のように職業役割に特化したスキルは数も少なく、ゆえに希少とされている。

「対人戦闘で好成績を残した私よりも、実際のところ、ラオの方が最前線で重宝されてた」

最も死亡リスクが高く数の少ない盾役で、ラオのような固有スキルを持った存在は本当に貴重であった。

「あの子は人一倍責任感が強くて優しすぎるの。でも守りたいものがまたできて、今度こそ絶対失いたくないからって——きっと今のラオが一番強い」

ラオがデュラハンの攻撃を全て捌《さば》き、最後に大剣を弾き飛ばして大きな隙を作った。ケットルは見惚《みと》れたように「すごい」と呟いた。

「第三フェーズまで一気に削るよ！」

ラオの指示に、全員が力強く頷いた。

＊　＊　＊　＊

デュラハンのＬＰが４０％を切った所で、後半フェーズが始まった。デュラハンの周囲には強化された鎧ゾンビが複数体召喚され、それらはケットルの魔法を耐えながら向かってくる。

ＭＡＰの四方にそれぞれ異なる武器が刺さると、デュラハンは持っていた大剣を放り投げるようにして破壊し、周囲を見渡す。

「予定通り修太郎が槌《ハンマー》、ショウキチが薙刀《なぎなた》、怜蘭は棍棒《こんぼう》の破壊を担当！　破壊後は各自盾の破壊に移行！　ケットルは雑魚狩り、バーバラは回復専念！　キョウコは遅れている人の補助を頼んだ！」

ラオの指示に皆が頷く。

修太郎が目標物である槌へと駆ける——

『セオドール。他で間に合わなそうな人の目標物の破壊をお願いできる？』

『承知した』

第五位魔王《セオドール》との短いやり取りの後、修太郎は槌に向かって《三連撃》を発動させた。鋭い斬撃は槌の耐久値を一撃で４６％まで削り、続く一閃で粉々に粉砕する。

(怜蘭さんは問題ないとして、注意するとしたらショウキチかケットルの雑魚処理が遅れるか、かな)

修太郎の心配の通り、ケットルは未だ湧いた雑魚ｍｏｂ達の処理に苦戦している様子で、さらにそれらを迎え撃つ形になったショウキチも目標物に近付けていないようだった。

凄まじい勢いで矢が薙刀の柄《つか》の部分をかすめて通過する。目標物の小ささ、細さが影響し、矢を当てるのが困難になっているのかキョウコのフォローも上手《うま》くいっていない。

肩の上に乗っていたセオドールが何かを念じ、修太郎の両肩に巨大な黒炎が揺らめく――それらは目にも留まらぬ速さで射出された！

撃ち抜いたのは二箇所――ショウキチが担当した薙刀と、ケットルが担当した雑魚の群れ。

「なっ！」

ケットルが使った範囲魔法によって視界が悪くなったからか、目標物にたどり着く前にｍｏｂの群れに捕まったショウキチ。

対峙する三体の鎧ゾンビの体が黒く燃え盛ると同時に爆散すると、視界の正面奥にあった薙刀も同じようにして爆散したのを見た。

「わっ！」

範囲魔法のコントロールに苦戦したケットルは、撃ち漏らしの鎧ゾンビが一瞬にして消え去るのを見た。そしてそれが修太郎の肩に止まる小さな黒い竜によるものだと気付く。

「お見事！」

全部の目標物とｍｏｂが消えた事を称賛するラオ。視界の端で、怜蘭が棍棒を破壊する姿を確認していた。

（誰だ……たぶん修太郎だな）

（ううぅ。また助けて貰っちゃったよう）

心の中で呟く。

一人は申し訳なさそうに。

一人は恥ずかしそうに。

セオドールの陰の活躍により当初の予定は達成され、第三フェーズ以降〝武器を変えながら暴れ回る〟動きを封じた第7部隊。武器を失い格闘技しか出せなくなったデュラハンは、その後全員からの攻撃を受け無防備にＬＰを減らしてゆく。

遂《つい》に膝を折るデュラハン。

床が紫色に光ると同時に、傍《そば》に鎧を着た大きな骨の馬が現れた。

「第五フェーズ《ラスト》来たぞ！　骨の馬《スケルトン・ホース》に乗ってからの突進は意地でも私が食い止める！」

バフの掛け直しを終えたラオは両手を広げ《鉄心》を発動。《鉄心》の効果により、あらゆるノックバック攻撃の影響を受けず、防御力で上回れば相手の動きを止める事ができるようになった。

最後の攻撃に向けて全員が構える。

デュラハンを乗せた骨の馬が、敵視一位であるラオを無視する形で疾走する――その速度は凄まじく、避《よ》けるので精一杯といったところ。

そしてデュラハンは勢いそのまま壁に激突し、軌道を変えてまた駆ける！

「駆け抜けた床に六芒星《ろくぼうせい》が描かれたら体力吸収・毒の最悪ステージが完成する。その前に捉える！　壁に近付く時は罠に注意！　キョウコ頼んだ！」

「任されました！」

ラオの言葉にキョウコが力強く頷いた。

デュラハンの何度目かの突進は、床の紋様から推測し動いたラオによって防がれる。苦悶《くもん》の表情を浮かべつつも、ラオはしっかりと自分の役目を果たす事に成功する。

高速移動していたデュラハンの動きが止まる――そこへ、残りのメンバーの攻撃が乱れ飛んだ。

「落、ち、ろおおおおおお！！！！」

「弾けとべええええええ！！！！」

ショウキチとケットルの叫びが響く！

デュラハンのＬＰは猛烈な勢いで減ってゆき、ＬＰを爆散させたデュラハンは骨の馬と共に力なくその場に崩れ落ちる。

金属が擦れる音。

そしてしばらくの静寂の後――それは起こった。

全員に響き渡るレベルアップの音。

表示された膨大《ぼうだい》な報酬の数々。

「勝った……？」

夢中で剣を振るっていたショウキチは、実感が湧かないのかキョトンとした様子で呟いた。

そして表示されたアイテム群を見るなり、雄叫《おたけ》びを上げて修太郎に抱き付いた！

第7部隊＋修太郎パーティ――キレン墓地制覇。

〝デュラハンを倒しました〟のアナウンスと共に館の天井からは後光の如《ごと》き光が差し込み、照らされた床からは囚《とら》われていた魂だろうか、人型の黄色い塊達が天へと向かって昇ってゆく。

「一つ、目標達成だ」

嬉しさのあまり涙ぐむショウキチの背中を叩きながら、修太郎もまた、ひとつ区切りが付いたとばかりに安堵の笑みを浮かべるのだった。

Party. A

バーバラ（L）司祭　Lv.32

ショウキチ　双剣士　Lv.32
ケットル　赤魔道士　Lv.31
キョウコ　狩人　Lv.31
ラオ　斧戦士　Lv.38
怜蘭　大剣士　Lv.40

Party.B
修太郎（L）　召喚士　Lv.30
＋AcM　シルヴィア
＋AcM　セオドール

Chapter07: 第7話

The unimplemented end-stage enemys have joined us!

紋章《もんしょう》と黄昏《たそがれ》が同盟を結んでから一週間後。

シオラ大塔——

古来、塔は権威の象徴などと言われ人々は畏敬《いけい》の念を抱《いだ》いてきた。塔には軍事的な目的と宗教的な目的があるが、シオラ大塔は前者である。

別国からの侵略に素早く対応する目的と、眼下に広がる地下迷宮から魔物が溢《あふ》れないかどうかを監視する目的があったというが、建設途中に「天使」の襲撃を受けて途中で放置されたのだという。

「魔族が悪で天使が正義という考え方が一般的ですが、この世界における天使は〝断罪者〟と呼ばれています」

「断罪者？」

「神を脅《おびや》かす存在を罰する者、ですね」

そう語るのは、黄昏サブマスターのｋａｇｏｎｅ《カゴネ》。

ミサキが彼女に「なぜそんなに詳しいんですか」と尋《たず》ねると、カゴネは「やることがなくて町の書庫の虫になってましたから」と得意げに返答したのだった。

カゴネの言うように、天使は天界に住む存在で断罪者とも呼ばれており、NPC《現地民》の間でも

「悪いことをすると天使様に裁かれるぞ」などと言い伝えられている。

天使は警察のような存在とは違う。

ただ罪を罰するだけの執行人である。

天使は正規の手段以外で天界に上がってこようとする存在を許さない。シオラ大塔を建てる＝天界に近付く＝神に近づく行為という基準から建築途中のこの塔を攻撃したものと推測できる。

ちなみに、塔の建設を命じていたサンドラス城の支配者は天使達に怒り、天使を殺す存在と呼ばれる機械の技術を取り入れ城を鉄壁の要塞《ようさい》に変える――というのが、シオラ大塔、加えてサンドラス甲鉄城《こうてつじょう》誕生の歴史となっている。

ならばなぜ天使を殺せる要塞と化した甲鉄城は天使の裁きを受けないのか――という理由は簡単で、天使にとって機械の力は脅威になり得ないため干渉しないだけであった。

機械《こんなもの》の力では天使は殺せない。

世界からプレイヤーへのメッセージでもある。

「……という理由からシオラ大塔の上部１０％ほどが粗末な螺旋《らせん》階段と骨組みのみとなっていて、そのため頂上に住む雷鳥は侵入者を見つけやすいという事情があるそうです」

「はえー本当に詳しいのな」

感心したように唸《うな》る誠《マコト》。

前を歩く白蓮《ビャクレン》は会話に混ざらない。

カゴネは白蓮を見つめながら呟《つぶや》く。

「必死で調べましたよ。もう二度と、あんな悲劇が起こらないように」

言いながら、暗い表情で俯《うつむ》くカゴネ。

その場がシンと静まり返る。

何も考えず相槌《あいづち》を打ったことを後悔する誠。

「いつまでもここに縛られるわけにはいかないよね」

前をゆく白蓮が呟いた。

カゴネ達黄昏のメンバーが顔を上げる。

感覚を取り戻すまでに二日。

エリアの情報を頭に入れ直すのに一日。

紋章との戦闘連携を繰り返して四日。

(シオ《こ》ラ大《こ》塔やセルー地《次》下迷宮を攻略できるだけの戦力があるにもかかわらず、私達のために一週間も油を売らせてしまった。でもそのお陰で——皆の期待に応えられるだけの自信を取り戻すことができた)

心の中で紋章に深い感謝を伝える白蓮。

満を持して挑戦するシオラ大塔。

黄昏メンバーは強い意志で進んでいた。

「私は最後まで皆にエリアの最短距離を掲示し続ける——そしてこの世界から出るんだ」

白蓮は明確な目標を掲げ歩き出している。

生気の戻った白蓮のソレを「短期的なもの」と不安がっていたメンバー達の心配はすでに払拭されていた。

「敵の反応、2時方向四つです！」

「ここで四つなら角虫の群れね。先頭は曲がり角入ったらすぐ戻る！　壁に刺さった虫を叩《たた》くよ！」

ミサキの索敵《さくてき》に反応したフラメが指示を飛ばす。

先頭にいたワタルが曲がり角に消え、すぐさま戻るや否《いな》やダーツの如《ごと》く飛んできた四匹の虫が壁に突き刺さった。

シオラ大塔周辺ｍｏｂ図鑑から引用すると、角虫は角で刺した生物の血や魔力を吸う吸血昆虫である。鳥類をも超える飛行速度により、勢いのついたその角は頑丈な岩をも貫くといわれている。

ビビィイイン！　と、刺さった角虫が小刻みに震える。一度動きが止まればこちらのもので、攻撃役《アタッカー》の連携によってすぐさま処理され光の粉となって溶けていった。

「本当にすげえなその固有スキル。千里眼の白蓮とｍｏｂ情報網羅してるフラメさんを合わされば鬼に金棒じゃん」

　驚きの声をあげる誠。

　エリア攻略に時間を要する理由は「エリア内構造の把握と罠《わな》の把握」「ｍｏｂの種類や配置、動きの把握」を「参加者全員が暗記する必要がある」というものが大部分を占める。

　最前線へと前乗りしたフラメ達斥候《せっこう》職の活躍もあり、エリア内構造や罠はあらかじめ全員が共有している——しかし「見た、聞いた」くらいの情報で完璧に動ける者はごく稀《まれ》であるため、本来は何度も挑戦することで「知識と事実の擦《す》り合《あ》わせ」を行う必要があった。

　プレイヤーの経験値、とでも言おうか。

　ボスに挑むためには、回復アイテムの温存や身体的・精神的な疲労をなるべく「０」に抑えるのが理想。ボス戦までに何度もやり直すパーティ或《ある》いはレイドは、このプレイヤーの経験値が不十分と言わざるを得ない。

　ボス戦はエリア攻略の中で最も過酷な戦闘になるから——全ては「死者を出さないため」の必要な努力と言えるのだ。

　しかし、ここのチームに関して言えば唯一の〝例外〟である。

「どんだけ遅れても千里眼がいれば新しいエリアも最短距離で進めるもんな」

「最前線組をまくるのも時間の問題じゃ？」

「うちは三人の女神によって支えられてるのか……」

　など、メンバー達がざわつきはじめる。

事実、フラメ、ミサキ、白蓮の三人がいる限りメンバーのほとんどは「戦闘」にだけ注意すれば良い。

そして戦闘面に関して言えば――

「《聖なる導《レギユリオラス》》」

「《王龍斬》」

ワタルとアルバのいるこのチームに死角はない。

＊　＊　＊　＊

長い道のりを経て広い踊り場に出た紋章・黄昏一行。

「ここは……」

上を見つめる白蓮がそう呟いた。

はるか高く聳《そび》える骨組みと螺旋階段。

すでにかなりの高さを登ってきているためか、眼下に広がる荒野とサンドラス甲鉄城――そして地中深くに続いていくセルー地下迷宮が一望できる。

(ここまで来たのに……)

体が小刻みに震えているのがわかる。

白蓮の中で「あの日」の光景が蘇《よみがえ》っていた。

歯と歯がすごい勢いで触れ合い、カチカチと音を立てている。

「白蓮さ……」

ミサキがそう声を掛けようとする前に、黄昏のメンバー達が白蓮を取り囲んでいた。皆が白蓮の手を優しく包み込み、カゴネは震える声で言う。

「乗り越えましょう、皆で」

白蓮は溢れそうになる涙《なみだ》を堪《こら》え、優しい顔つきへと変わる。「ありがとう」と呟いた。

体の震えはなくなっていた。

＊　＊　＊　＊

螺旋階段を進む一行。

全員の体を白と緑色の光が包んでいる。

どこからともなく聞こえてくる翼の音——そして小さな雷鳥の大群を連れ現れたのは巨大な鷲《わし》。

白蓮の持つ杖《つえ》がギチチと音を立てる。

白蓮はその鷲をただただ見つめていた。

大きく嘶《いなな》くフェンダール。

（アレが来る——！）

最悪のキッカケとなるあの攻撃が。

轟音《ごうおん》と共に放たれた電撃がメンバー達を貫くも、体を包む白い光がそれを阻んだ。

ダメージはない。

あの突風さえも、加護によってそよ風一つ感じない。

「うおおおお効かないぞ！！！」

「ざまあみろ糞《くそ》チキンが!!」

「顔洗って待ってやがれええ!!」

諦めたように飛び立つ雷鳥を、黄昏メンバー達は興奮した様子で罵った。その中の誰一人として笑っているものはおらず、むしろ叫ぶ者全員が涙を流していた。

「こんな簡単なことで……」

仲間達は大勢死んだのか——と、言いかけた言葉を飲み込む白蓮。

キーアイテム「風の羽根」雷鳥の雛《ひな》が落としたとされる羽根。母鳥が子を守るための強力な風の加護が付いており、これを持つ者は母鳥の風圧の影響を受けない。

キーアイテム「雷電の羽根」雷鳥の雛が落としたとされる羽根。母鳥が子を守るための強力な雷の加護が付いており、これを持つ者は母鳥の雷の影響を受けない。

この塔を攻略する上で必要不可欠ともいえるキーアイテムを、かつての黄昏は見落とし挑戦したことになる。

（何故《なぜ》私たちはこんな単純なミスをしたんだろう）

先を急ぎながらもはじめてのエリア攻略自体は慎重に取り組んでいただけに、白蓮の中でこの大きなミスに違和感があった——が、今更考えても仕方がないことだった。

そろそろ頂上部分だ！　という誰かの声に白蓮はハッと我に返り、額《ひたい》を思いっきり叩いて気合いを入れた。

＊　＊　＊　＊

シオラ大塔　頂上部ボス部屋。

階段を登り終えた一行の眼前には巨大な巣が鎮座《ちんざ》しており、キィーンという鳴き声と共に、雷鳥フェンダールが目の前へと降り立った。

「着いた、んだよな？」

「俺まだ回復薬《ポーション》使ってないぞ」

驚くほど少ない消耗でボス部屋まで着いたことに黄昏メンバー達は驚愕《きょうがく》していた。

「フェンダールも練習通りに」

ワタルの声で気合を入れ直すメンバー達。

シミュレーションで幾度となく戦ったボス。しかし今回は本番で、命の掛かったこの場面で緊張しない者はいない——いないはずなのだが、ワタルの存在が皆の緊張を和らげる。

気負った様子もなく語るワタル。

「レイドB、Cの盾役《リーダー》は僕の敵視《ヘイト》が安定したのを見計らって所定の位置へ！」

紋章・黄昏メンバーが入り乱れた総勢54名の攻略チームでは、合計九つのパーティが完成する。それらを三つ毎《ごと》に分け一つのレイドとして組み、完成した三つのレイドをABCと呼んでいる。

レイドのメイン盾役《タンク》には「高い統率力」と、なにより「忍耐力と耐久力」が求められる。そしてレイドはこのメイン盾役《タンク》を軸に動くことになるため、必然的にリーダーの役割に当てられることが多くなる。

「アルバさん、誠さん、よろしく頼みます」

ワタルの視線の先に立つ二人の男。

Bチームのメイン盾役《タンク》アルバ。

言わずと知れた紋章ギルドのサブマスターにして紋章屈指の実力者。少人数での攻略であればワタルがメイン盾役《タンク》を務め、火力の高いアルバがサブ盾役《タンク》兼攻撃役に回ることも多い——ちょうど侵攻《しんこう》に対処した時のような形である。

チームAを構成するのは紋章の精鋭部隊。

チームBを構成するのも紋章の精鋭部隊。

そしてチームCを構成するのは――

「まあアレだ、あの二人に任せておけば安心よ。俺はあの二人より柔らかいから回復役《ヒーラー》さん頼むね」

などと軽薄そうに笑う誠。

彼の後ろに並ぶのは黄昏のメンバー達だ。

気合を入れる黄昏メンバーを前にして、ミサキに耳打ちする誠。

(なんで俺がリーダーなんだろうね)

(実力順だと思いますよ?)

(だとしたら層がペラペラすぎるだろ!)

不本意そうにしながらも再びCチームの前に立つ誠は、わざとらしくウオッホンと咳払《せきばら》いをしたのち口を開いた。

「えぇーと、この一週間……準備期間としては本当に短かったと思う。その短い期間でここまで完璧に仕上げられたのは、ひとえに皆の努力の賜物《たまもの》だと思う」

メンバー達はその言葉を黙って聞いている。

皆を引っ張っていくような実力を持つワタルやアルバ。皆が付いていきたくなるような魅力を持つ白蓮など様々なタイプがいる中で、誠はそれとはまた違ったリーダーの器を見せる。

皆を後ろで支えるような大きな包容力――そして安心感が誠にはあった。

本人だけが未《いま》だそれを自覚していない。

「黄昏ギルドは色んな苦労や苦悩に打ち勝って今ここにいる。あとはアレをぶっ倒すだけ」

雷鳥を指差しながら、誠は続ける。

「勝って黄昏《たそがれ》の冒険者《ぼうけんしゃ》完全復活！　ア――ンド紋章との同盟結成の記念と祝して今夜は焼き鳥パーティじゃい！」

ぐんっと右手を上げキメ顔をする誠。

そして静まり返るチームC陣営。

黄昏の面々からはクスクスといった笑い声と共に、まばらな拍手が沸き起こった。

「オオー！　って場面なのにナンデ？」

目をぱちくりさせながら呟く誠。

白蓮は腹を押さえながらそれに答える。

「ふふッ……なんか……気が抜けるというか、チームAやBの檄《げき》とはあまりにかけ離れてたからかしら？　ふッ……でも私はこっちの方が好きかも……！」

「嘲笑《あざわら》ってるじゃねえかよおい！　えぇー……こんな場面でふざけてたって思われたらサブマスに怒られそうなんだが」

落ち込む誠とは裏腹《うらはら》に、黄昏メンバーの不安は、一連の誠の立ち振る舞いによって吹き飛んでいた。リラックスしたその空気感は、少なからず戦闘に良い影響を及ぼすと白蓮は確信していた。

（バーバラさん達も厚い信頼を置いていた理由がよく分かるなぁ）

そう感じながらミサキはチームAへと視線を向ける——と、そこには、こちらを見ながら嬉《うれ》しそうに小さく頷《うなず》くワタルの姿があった。

美しい剣を引き抜くワタル。

剣先を雷鳥に向け、声高らかに宣言した。

「参ります！」

＊　＊　＊　＊

雷鳥フェンダールとワタルとの間に半透明のドームが形成されると同時に、チームAが一斉に攻撃を始めるのが見えた。それを合図にボス部屋へとなだれ込むBとCは、枝分かれするように北西と北東へと向かう。

「とりあえず18％削るまではAへの集中攻撃のみだ！　後方にチビ雷鳥が見えたら優先的に攻撃！　とりあえず削れ削れ！」

皆が雄叫《おたけ》びをあげ、攻撃が乱れ飛ぶ。

（弱点は額の宝石だからこの場所からじゃ難しいよね……）

心の中でそう呟くミサキ。

Cに所属する紋章メンバーは全部で三人。

リーダー兼盾役《タンク》の誠。

同じ第50部隊所属のミサキ。

そして——

「当たるよ、ここからでも」

「えっ？」

いつの間にかミサキの隣にいたプレイヤーは、大弓をギリリと引き絞り、そして涼しい顔で放った。放たれた矢は真《ま》っ直《す》ぐ雷鳥フェンダールの後頭部へと突き刺さったかと思えば、弱点命中を表す《critical》の文字が躍った。

「凄《すご》い……！」

「貫通力のある矢とスキルを併せれば、どんな位置からでもクリティカルが取れるよ」

飄々《ひょうひょう》とした物言いの細目の男。

紋章所属のプレイヤーで、名前を「天草《あまくさ》」といった。

チームCにはミサキ達のほかに、何故か彼が配属されている。

「——！」

レーダーに追加の赤点が二つ。

いち早く気付いたミサキが対処する。

「小鳥湧い……って、はやっ」

体をぐるりと捻《ひね》ったミサキが後方へと矢を射ると、湧いたばかりの小さな雷鳥が二羽、撃ち抜かれて爆散《ばくさん》したのだった。

「うほ——すごい！　まるで曲芸！」

「…………」

呑気《のんき》にそれを眺めていた天草に対し、ミサキは少なからず苛立《いらだ》ちを覚えていた——皆が必死に戦っているのに、なんなんだこの人はと。

ミサキの心境などつゆ知らず、天草は不敵な笑みを浮かべさらに続けた。

「なあなあ、僕も第50部隊に入りたいんだけど」

「……後にしてください。戦闘中ですよ？」

「こんな決まってるバトルに面白みも何もないよ」

と、軽薄そうに笑う天草。

ミサキの額にでかでかと「怒り」のマークが浮かぶ。

「自分の部隊があるでしょう」

「皆辞めちゃったもん、僕以外」

「なら貴方《あなた》に問題があるんでしょう。たとえ強くても問題のある人はパーティに必要ありませんので！」

そうハッキリと断るミサキ。

天草は「おお怖い」とまるで効いてない様子で、その場から退散していった。

（何なのあの人は……）

苛立ちながらも、彼がやってのけた「背後からのcritical」は評価しているミサキ。そのままスキル《強撃》を発動しつつ——矢を引き絞る。

（宝石の真裏に中《あ》てるつもりで……！）

スパッと放たれた矢は美しい回転と共に雷鳥の後頭部へと命中——しかし、そこにcriticalの文字は出てこなかった。

（少しでもズレたらダメなんだ）

一度の試みで、天草の技量によってそれが成されたことに気付いたミサキ。彼のいた場所にチラリと視線を送った後、ミサキは再び戦闘へと意識を深く深く落としていく。

＊　＊　＊　＊

雷鳥フェンダールの残りＬＰが６２％となり、誠は大声を張り上げた。

「スイッチいくぞ!!」

その言葉を合図に、誠の体を幾重にも包む強化魔法。そして誠自身も防御スキルを発動させ、大盾を構えてフェンダールに向き直る。

「《弱者の灯火《ともしび》》」

それまでアルバを攻撃していたフェンダールは一変、誠へと標的を変え鋭い鉤爪《かぎづめ》を振り下ろす――誠は大盾でそれを受け流しつつ、さらにスキルを重ねてゆく。

「『俺を見ろ！』」

一連の敵視コンボによって、フェンダールの攻撃優先度はアルバから誠へと固定された。そしてLPが残り60％に差し掛かる寸前で誠の体に強化魔法が乱れ飛んだ。

フェンダール　残りLP60％

スキル　豪雷を発動！

天から降り注ぐ白の雷が誠の体を貫いた。

誠は何食わぬ顔でそれを受け切っている。

「完璧……！」

Cの回復役《ヒーラー》が歓喜の声を漏らす。

ボスはLPが20％ずつ削られる度に強力な反撃を行ってくる。だから盾役《タンク》はそれに備えて敵視を変更し、万全の状態でそれを受ける。そして攻撃を受けた後はすぐさま回復を入れて立て直し、次は42％のタイミングでAへとバトンタッチするのである。

「回復厚すぎるかも！　気を付けて！」

誠の言葉にハッとなる回復役《ヒーラー》。

過度な回復は魔力の無駄である以上に、ボスの敵視を変えてしまう可能性があった。

先ほどは力の抜ける檄で場を和ませた誠だが、盾役《タンク》として一流の働きを見せている——優秀な盾役《タンク》のいるチームには余裕が生まれ、事故率がグッと減るのである。

「大したもんね」

呆《あき》れたような口調《くちょう》でそう呟く白蓮。

誠の堂々たる振る舞いに称賛を送っていた。

＊　＊　＊　＊

残りＬＰ——１２％！

「残り火力での逃げ切り！」

アルバの声に皆が雄叫びをあげた。

残り１０％で大技を繰り出す前の溜《た》めを行う——そこを一気に叩くことで、この戦闘を終わらせることができるのだ。

ここで重要になるのは攻撃役達の「火力」。

「……私、前に進むよ」

そう呟きながら白蓮は杖を優しく撫《な》でた。

頬から涙が伝い、杖へと落ちる。

杖には製作者「春《はる》カナタ」の名が刻まれていた。

杖を掲げ、凛《りん》とした表情でボスを見る白蓮。

白蓮の職業は〝星紡ぐ魔法使い《サイン・マジシャン》〟星の力を借り魔法を使う者。

白蓮は流麗な動きで杖を振るう――杖先で形をなぞることで星座を意味する記号を描き、記号に応じた魔法が発動するのである。

踊るように記号を描く白蓮。

彼女が描くのはシステムに頼らない特殊な記号《オリジナル》。

「残り３％だ!!」

誰かが叫び声を上げたと同時に、白蓮の動きがピタリと止まる。魔法陣のごとく描かれた複雑な記号が輝きを放った。

「《力ある者《Rune of Hercules》》」

魔法陣の奥からヌゥと現れた巨大な剣。

白蓮が杖を掲げると、剣もまた天へ伸びた。

振り下ろされた刹那《せつな》――

フェンダールの体は真っ二つに分断された。

残る３％のＬＰが一気に０となり、ボスの体は光と共に爆散する。

しばらくの静寂、

そして——

「勝った……？」

誰かの呟きを合図に、割れんばかりの歓声が沸き起こる。皆のレベルアップを告げる音や画面に並ぶ報酬の数々は、その勝利が「現実」だと教えてくれた。

杖を突き出した形で止まる白蓮。

キラキラと舞い散るポリゴンの欠片《かけら》達を見送りながら、達成感と同時に何か体が軽くなるような感覚を覚えていた。

『やったね晶《アキラ》』

『私の武器のおかげだよ』

どこからかそんな会話が聞こえてきた。

見渡すも、そこには誰もいなくて。

「やったよ、私、私達。見ててくれた？」

その言葉にも、返答はなかった。

白蓮の体を縛っていた「責任」は、シオラ大塔制覇によって解放された。それは彼女だけではなく黄昏のメンバー達にも言えること。

逃げずにこの場所と向き合い、そして乗り越えた彼等は過去をようやく清算することができたのだった。

Chapter08: 第8話

The unimplemented end-stage enemys have joined us!

一度第７部隊と別れた修太郎《しゅうたろう》は職業案内所に来ていた。理由はもちろん、レベル３０で可能となった昇級《クラスアップ》が目的である。

（皆はＰｖＰで盛り上がってる頃だろうし、僕も早く昇級して参加したいな）

受付ＮＰＣ《現地民》の回答をソワソワしながら待つ修太郎だったが、受付ＮＰＣからは意外な返答が返ってくるのだった。

「修太郎様は特殊な条件を満たされております。ＥＸジョブへの昇級試験が可能ですが、いかがいたしますか？　なお、職業内容は昇級後にならないと分かりません」

修太郎の動きが止まる。

ＥＸジョブとは、騎士と聖職者を極めると出現するとされるワタルの〝聖騎士〟や、ショウキチやケットルの職業がそれに近い。しかしそれらはあくまでレアジョブであり、ＥＸジョブとは根本的に異なっている。

つまる所、プレイヤーの中にＥＸジョブに就く者はおろか出現条件を知る者すらいないのが現状。当然、修太郎の聖書《バイブル》である攻略サイトにも載っていないものだ。

「試験はどんなことをすればいいんですか？」

「内容を全てお伝えする事はできませんが、三つだけ私の方からお伝えする事があります」

　機械的な声色で続ける受付ＮＰＣ。

「一つ、ＥＸクエストにはパーティの参加が許可されますが、ジョブに就くことができるのは対象者のみとなります」

　試験を伴う昇級はあれど、パーティ単位で手助けできる内容は未《いま》だ存在しない。修太郎は「それだけ過酷な内容なのかな」と推測する。

（危険ってことなら、ショウキチ達を巻き込む訳にはいかないな）

　受付ＮＰＣが続ける。

「二つ、クエスト中は一切の経験値・アイテムドロップは発生せず、試験中の途中退出が認められません。例外として試験内容を確認した後、来た道を戻って退出することはできます。試験内容が難しいと感じた場合の救済措置となっていますが、退出した場合ＥＸクエストの権利は失われます」

　つまり、パーティメンバー達は骨折り損のくたびれもうけである。対象者の戦力増強がメンバーにとって圧倒的にプラスにでもならない限り、危険を冒して同行するプレイヤーはごく限られてくるだろう。

　最後に――と、受付ＮＰＣ。

「試験場内では一切の欲求を感じません。睡眠不足によるパフォーマンスの低下の心配もございませんが、疲労や痛みは感じます。長期の戦いになるため、十分な準備をよろしくお願いします」

　これが単なるゲームであれば、無理難題も良いスパイスと同義――しかしデスゲームとなったこの世界において、あまりにも過酷すぎる試験条件である。

　修太郎はフレンド欄からバーバラにメールを打つ。

『昇級に時間がかかりそうだから、しばらく別行動します』

　受付ＮＰＣに向き直る修太郎。

「試験場所はどこになりますか？」

「場所は横にある〝試練の扉〟の奥です」

　修太郎が視線を移すと、受付カウンターが並ぶずっと奥に、不自然に重厚な黒の扉が鎮座《ちんざ》していることに気付く。その奥から感じるただならぬ気配に、修太郎は思わず身震いした。

　今までの戦闘とは次元が違う。

　修太郎は肌でそう感じていた。

『我々も同行いたします』

『うん、ありがとう。でも今回はちょっと嫌な気配がするからさ――』

　シルヴィアにそう返しながら、修太郎は微笑《ほほえ》む。

『皆で行こう』

＊　＊　＊　＊

扉の奥に続いていたのは遺跡だった。

かつては大いに栄え文明を築いていたであろうその場所に、人の気配はないが、遺跡の内部よりも外——特に空に奇怪な現象が起こっていた。

「夜になったり朝になったり、変な所だね」

不思議そうにそう呟《つぶや》く修太郎。

視線の左下には『昇級試験中』という文字が光っており、その上にはパーティ一覧が並んでいた。

修太郎（L）　召喚士《サモナー》　Lv.30
＋AcM　エルロード
＋AcM　バンピー
＋AcM　ガラス
＋AcM　セオドール
＋AcM　バートランド

「この場所は主様達《あるじさまたち》のいたカロア城下町《じょうかまち》とは全く違う空間のようですね。空間転移か、それとも別の世界か。魔力濃度が明らかに違う――我々のいたロス・マオラと近い濃度を感じます」

青い髪に、赤の瞳。

執事服に身を包んだ魔王――エルロードが興味深げに周囲を観察している。

「ロス・マオラと同等の魔力濃度であれば、退屈しのぎにはなりそうだな。主様、敵の殲滅《せんめつ》は我にお任せあれ」

上質な鎧《よろい》に身を包んだ髭《ひげ》の巨人――ガラスは、念願の城の外に出られた喜びを噛《か》み締《し》めながら、付近の魔力濃度を読み取り、丁度いい獲物を探していた。

「主様にお時間を取らせるわけにはいかない。妾《わらわ》のスキルなら一瞬で終わる。それに貴方《あなた》が暴れてこの空間に亀裂《きれつ》でも入ったらどうするの」

王冠に似た角を持つ白い少女――バンピーは、呆《あき》れたようにため息を吐《つ》く。そして横目で修太郎を素早く探したかと思えば、次の瞬間にはその傍《そば》に移動している。

「主様。プニ夫《鎧》がいないのは不安だろう。今回は俺が代役を務める」

そう言って、毅然《きぜん》とした態度でバンピーとは逆側に立った黒髪の騎士――セオドール。背中に美しい彫刻が施された長剣を背負っている。

「ちょっと、序列に従いなさい」

「？　すまん、今回俺は主様の盾になると決めている。どいてくれないか？」

「貴方はいつも主様のお側にいられるんだから今回くらい譲ってくれてもいいじゃない！」

火花を散らす二人。

そして同行した最後の魔王、金髪のエルフ族バートランドは、槍《やり》を首の後ろに回すように両肩に乗せ、手をぶらぶらさせながら風景を眺めていた。

「まだ戦闘が決まったわけじゃないのに、旦那も姉御も血気盛んだなァ」

賑《にぎ》やかな空間に居心地《いごこち》のよさを感じながら、修太郎はアイアンの事を考えていた。

「シルヴィアが残って様子を見に行くって言ってたけど、あれからあの世界では、また何年もの時間が経過してるんだよね？」

その問いに頷《うなず》くバートランド。

「ま。奴《やつ》に何かあったら、たとえダンジョンの外にいてもシルヴィアの姉御が感知するはずですからねェ。時間は掛かってますが、過剰に心配する必要もありませんよ」

それを聞いて安堵《あんど》の表情を浮かべる修太郎。

そして試験開始から１分が経過した頃――遺跡の中で異変が起こり始めていた。

＊　＊　＊　＊

『警告！　遺跡内に強力なモンスターが発生しています。推奨レベル１２０。レベルが満たないプレイヤーは十分に注意してください。警告！　遺跡内に――』

突然のアナウンスに身構える修太郎。

魔王達には聞こえていないようだった。

「推奨レベル……１２０」

その法外な推奨レベルに、修太郎は遅れて驚愕《きょうがく》した。それは魔王達のレベルと同等だった。

現在プレイヤーの最高到達レベルは５２とされているが、この昇級試験ではそれよりも遥《はる》かに高レベルが要求されているのだ。このような警告文を見れば、まともな神経をしているプレイヤーは皆扉へ一目散だろう。

ともあれ、唯一修太郎だけはその枠組みに囚《とら》われないのだが。

（推奨レベル１２０ということは、単純に考えて昇級四回分――これをクリアして成れる職業って、ＥＸって、普通の職業じゃないって事だよね）

修太郎には選択する権利があった。

選択できるだけの力があったのだ。

魔王達を見る修太郎。

視線に気付いたエルロードは、膝をついてかしずいた。

「我等は常に貴方の意志に従います」

エルロードにならうように、他の魔王達も膝をつく。

それを見た修太郎は決心を固めた。

『昇級試験が開始されました。〝陰陽《おんみよう》召喚士の幻影〟を探し出し討伐してください。達成度に応じて報酬が変わります――セムイの力強まりし時、世界に帳《とばり》が落ちる。カムイの力強まりし時、世界に陽光が差す。世界の陰陽交りし時、祀《まつ》りし祭壇に彼《か》の者現れん』

　意味深なアナウンスと共に、遺跡内の異変がピタリと止まる——しかし、漂う〝嫌な雰囲気〟は健在で、バンピーは警戒心を高める。

「一万はいますね」

　鋭い洞察力で、この遺跡内に蠢《うごめ》くｍｏｂの大まかな数を弾き出すバンピー。

　修太郎がアナウンスの内容を魔王達に伝えると、髭を撫《な》でながらガラスが長考する。

「はて。セムイとカムイ、どっかで聞いた覚えが……」

　ガラスの言葉を金属音が遮った。

　セオドールが剣を抜いた音だった。

　視線をはるか前方の暗がりに向けている。

「来たぞ」

　遺跡天井に空いた穴——そこから仰ぎ見る快晴の空に照らされるようにして姿を現したのは、無数の巨大な昆虫だった。

　ル＝ビ砂漠周辺ｍｏｂ図鑑から引用すると、肉食昆虫鈍色《にびいろ》ハルバは音に敏感な殺戮者《さつりくしゃ》である。

　保持する複数の毒は低位の治療魔法で治すことができず、ほんの短時間で鎧を溶かし、骨を溶かす。ハサミの力はオーガに匹敵するとされ、鈍色ハルバが生まれてからル＝ビ砂漠の生態系が大きく変わったと言われている——

　形容するなら、不気味な色のサソリ。

コンクリートのような色合いの体、鋭く光る巨大なハサミ、獲物に向けられる毒の尻尾《しっぽ》。対物理攻撃・魔法攻撃に大きな耐性を持ち、高い敏捷《びんしょう》と膂力《りょりょく》、そして致死性の毒を武器としている。

鈍色ハルバ　Lv.117

侵攻のボスモンスターが可愛《かわい》く思えるような暴力的なまでに高いレベル。それがおよそ八匹。並大抵のプレイヤーでは見ただけで正気を失ってしまうだろう。

しかし、たかが117レベル。

格下では魔王達と戦う権利すら持たない。

「主様、道がいくつかあるようですが、どちらに進みましょう?」

そう語るバンピー。

前方にいた鈍色ハルバは、既に光の屑《くず》となって消え去る最中だった。それはバンピーの即死スキルによって、近付く暇すら与えられず殺されていたのだった。

たとえ119レベルのmobだったとて、修太郎に近づくことさえできない——このパーティに挑む最低条件は『レベルが最大であること』なのである。

「とりあえずモンスターが来た方向に進んでみよう。そういうメッセージなのかもしれないし」

修太郎の言葉に、魔王達が頷《うなず》いた。

全プレイヤーで共闘したとしても蹂躙《じゅうりん》されかねない鈍色ハルバ達を瞬殺した修太郎達一行

は、まるで町を歩くが如《ごと》く堂々とした様子で、遺跡の奥へと歩いていった。

＊　＊　＊　＊

道中のｍｏｂはバンピーの即死スキルによって近づく権利すら与えられず殲滅されており、修太郎は開拓されてゆくマップから目を離しメニュー画面からクエスト内容を開く。

昇級試験とはいえ扱いはクエスト。

進行中一覧の中に、それはあった。

〇〇〇〇〇〇〇〇
依頼内容：昇級試験（ＥＸ）
依頼主名：職業案内所
有効期間：４７：５７：３６

第一段階：陰陽召喚士の神殿から宝玉を取り持ち帰る（０／１）
第二段階：？？？（第一段階達成後に詳細が開示されます）

第三段階：？？？（第二段階達成後に詳細が開示されます）

○○○○○○○○○

開示されているのは第一段階のみで、残りは順次開示されていくようだ。

それを見た修太郎は魔王達に相談する。

「こう、魔力素が方々にあるとどの道が正しいか分かりませんね」

神妙な面持ちで唸《うな》るエルロード。

閃《ひらめ》いたようにバンピーが顔を上げた。

「ならば二手に分かれるというのはどうでしょう。我々の中で三人ほどが、別の道を進んでその神殿を探します。主様と残りの二人も同じように引き続き神殿を探していただく――というのはいかがですか？」

分岐した道は全部で四つあるようだ。

修太郎はほぼ未開拓のマップを見る。

最前線のマップ開拓には3日ほど要すると聞いていたし、明日もまた第7部隊とエリア攻略に行く予定もある。時間省略にもなるため、修太郎は名案だと頷いた。

「分かった。なら誰が何を担当するかだけど……」

「妾は主様と共に」

いの一番に名乗り出るバンピー。

頬《ほお》を染め、ぴったりと横に陣取る。

ガラスが胡散臭《うさんくさ》そうに眉をひそめた。

「それは筋が通らないだろう。少なくとも言い出したバンピー《第二位》は別働隊として働くべきではないか？　索敵《さくてき》能力に関してはシルヴィア《第四位》を除けば皆トントンだと認識しているが？」

「強い者が主様の護衛につくのはおかしい？」

「ほう？　ならば誰がその強い者か今ここで決めてもいいんだがな」

白と赤のオーラが立ち上り、遺跡内がビリビリと振動する。見かねたエルロードがため息混じりに仲裁に入った。

「そんな下らない見栄《みえ》で主様の貴重な時間を割くのはやめなさい。私を含めたあなた方三人で別行動。これが認められないのなら、探索の邪魔と判断し即刻城に送還していただきます」

第一位、第二位、第三位の殺気というのは凄《すさ》まじく、それは侵入者を討つべく進んでいた数千ものｍｏｂが人知れず退却していたほどだった。バンピーとガラスも頭が冷えたのか、通常の状態へと戻ってゆく。

「それじゃ俺とセオドールの旦那で主様の護衛を務めさせていただくよ」

満面の笑みでそう告げるバートランド。

静観していたセオドールも静かに頷いた。

修太郎は心配そうに三人に声をかける。

「くれぐれも無理しないでね。危ないと思ったら必ず連絡して。僕らでそっちに向かうから」

その言葉に、バンピーとガララスがよろめいた。

（あぁ、主様。なんと慈悲深い。妾は護衛から外れて正解だったかもしれない。主様のお側は妾には眩《まぶ》しすぎる）

（おお、なんとお優しい……我々の心配を第一に考えて下さっていたとは）

若干二名が陶酔《とうすい》状態に陥るも、すぐさま目つきを変え、未開拓の道へ視線を向けた。

（妾が神殿を発見したら、褒めてくださるだろうか。また頭を撫でていただきたい。それだけで妾は向こう５００年は戦える）

（我が神殿発見を成《な》した時、主様はどんなお褒めの言葉を掛けてくださるのだろうか。それは我一人だけが得られる至福のひと時と言っても過言ではない）

雄叫《おたけ》びと共にバンピーとガララスが消え、エルロードは修太郎に「行ってまいります」と深々とお辞儀をした後、二人とは別の道へと進んでいった。

＊　＊　＊　＊

――バンピー視点。

しばらく進み、ほどなくしてドーム状の空間に出たバンピー。まるで闘技場のごときその空

間に蠢くｍｏｂの軍勢を見下ろした。

（ハイヴン・オーガの根城、か）

ラウガ族集落周辺ｍｏｂ図鑑から引用すると、オーガの最上位種ハイヴン・オーガは知能の高い種族だ。襲った人型種族の住処《すみか》を無闇に破壊せず、その造りを理解することで文化を吸収する。しかし性格は冷酷で残忍。優秀な種族を見付けてはメスが絶滅するまで交尾を交わし、オスは皆殺し。得られるものがなくなった種族を徹底して滅ぼし、他種族に知恵が渡らぬよう無慈悲に焼き払うのだという――

驚くほど高度な文明がそこにはあった。

（一瞬だけ神殿かと思って期待しちゃった）

しかし、それが逆にバンピーの癪《しゃく》に障る結果を招いたのだった。

「一度だけ尋《たず》ねる――」

バンピーの声に反応し、多くのハイヴン・オーガが住処から外に出てきている。その風貌《ふうぼう》は黒い体に白の染料で模様を描《えが》いた鬼のようで、手には質の良い武器が収まっていた。

「陰陽の召喚士の神殿はどこにある」

凛《りん》としたバンピーの声が響く。

その中でも最も年老いたハイヴン・オーガが前に出てきており、怯《おび》えた表情で答えた。

「申し訳ありませぬ。我らはここから先の世界を知らぬゆえ、存じ上げませぬ」

「そうか。無闇に脅してすまなかった」

そう言って即死スキルを収め、先を目指すバンピーだったが、老いたオーガの続く言葉で態度を急変させた。

「時に死の王よ——この先になにやら旨《うま》そうな、あれは人族の匂いがするのですが、気付いておられますかな？」

「旨そうな、匂い、？　まさか主様のことを言っているのではなかろうな？」

ハイヴン・オーガ達に緊張が走る。

バンピーの纏《まと》うオーラが爆発したからだ。

しかしバンピーの表情は穏やかで、自分のドレスをスンスンと嗅いだ後、微笑む。

「この高貴な香りを、そのような低俗な言葉で表現するとは……知恵の種族ともあろう者共が聞いて呆れる」

「な、なにを——」

次の瞬間、その場にいた全てのハイヴン・オーガ達が光の塵《ちり》となって消え去った。

およそ５００もの数の、レベル１１０の個体全てが一瞬にして死んだのだった。

「聞くよりも自分で探した方が早い、か」

涼しい顔で歩き出すバンピー。

彼女にとって主である修太郎以外は、等しく不要な存在に他ならない。

＊　＊　＊　＊

――ガラス視点。

膨大《ぼうだい》な魔力に引かれ期待を胸に進むガラス。彼の前に広がったのは、遺跡内部に広がる広大な森だった。

（これは当たりか？）

ある一点を見つめ、不適に笑うガラス。

第一位や第二位を差し置いて、第三位である自分が神殿を見つけたとなれば二人はどんな悔しい顔をするのだろうか……その期待感を原動力に、ガラスは森を進む。

なによりも、主からお褒めの言葉がいただけるかもしれない――それは今のガラスにとって、どんな国を滅ぼそうとも、どんな相手を打ち負かそうとも、どんな酒を飲もうとも、到底味わえないほどの甘美《かんび》な報酬であった。

常に王として君臨していたガラスにとって、生まれて初めて心から〝仕えたい〟と思えた主君の言葉は、どんな些細《ささい》なものでも彼の心に深く響いた。

『止まれ。強き者よ』

ガラスの脳内に声が響く。

ガラスは歩く速度を緩めない。

『最終警告だ。ここは我らダークエルフの森、領地だ。何人《なんぴと》たりとも通すわけにはいかない』

森の至る所で、何かを引き絞る音が響く。

ガラスは興味深そうに立ち止まり、周りを見渡した。

ツルグル原生林ｍｏｂ図鑑から引用すると、森の番人ダークエルフはエルフ族とは異なる存在で、エルフ族の憎しみと怨念《おんねん》を糧《かて》に生まれた全く別の生命体と言われている。森を愛する心と守護する使命だけは同じだが、ひとたび領地に踏み込む者があれば、たちどころに魔力を帯びた毒矢を放ち、首をはね、森の外へ晒《さら》し首にする残忍さを持っている。エルフ族よりも膂力に優れ、夜を好む――

個体によってまばらだが、成熟した個体はレベル１１０をゆうに超えるとされる。その軍勢が、弓を引いて森の中に潜んでいる。

（ダークエルフか。はて、先ほどまで太陽が出ていたと記憶していたが、なかなかどうして妙な世界だなここも……）

見上げるガラスの上には月が出ていた。

周囲は真夜中のように暗く、音もない。

一頻《ひとしき》り辺りを見渡した後、すぐに興味を失ったように再び歩き出すガラス。木々の上で一斉に音がしたかと思えば、万を超える矢と魔法の雨がガラス目掛けて降り注いだ。

その全てがガラスを穿《うが》つ。

そして、その全てが消え去った。

『馬鹿な……確かに今――！』

『全弾命中後、消えた』

『矢はどこへ!?　魔法は!?』

ダークエルフ達の困惑の声がこだまする。

ガララスは斜め前方へと視線を送った。

「手遅れになる前に帰郷するがいい」

そしてしばらくした後、再び歩き出す。

『おのれ、もう一度総攻撃だ』

『ありったけの魔力を込めろ！』

『巨人には竜の血を込めた矢を射ろ』

いまだ姿を現さないダークエルフ。

ガララスは呆れたようにため息を吐《つ》いた。

「総攻撃は大いに結構だが、次は主《ぬし》ら自身に当てる。いまいちど警告する。故郷に戻って自らがした行いの愚かさを悔い改めるがいい」

先ほど、ガララスが見ていたはるか斜め前方に、ダークエルフ達の集落があった――ほんの数秒前までは、だが。

異変を察知したダークエルフ達。

自らの故郷から〝声〟が一切感じられない事で、ガララスの言葉の意味を理解したのだ。

そこには何もなかった。

女も、子供も、老人も、建物も。

囲っていた周囲の森さえも、ない。

まるで空間ごと砕かれたように、ぽっかりと穴が空いていた。

『女子供までも、よくも!!』

『おのれええ！！！！』

先ほどよりも膨大な量の矢、槍、魔法の嵐がガララスに襲い掛かると、ガララスはその全てを体で受けた。

「つまらん」

一瞬にして消え去る周囲の森。

ガララスが攻撃したような素振りは見られない。

謎の攻撃はダークエルフ達を粉砕するだけに留《とど》まらず、木々や地形をも破壊し変えてゆく。

最後に残ったのはダークエルフ達の〝故郷だった〟場所にある、神殿と形容できそうな建造物のみ。

（違う、か）

しかし神殿内からはなにも感じず、ハズレと判断したガララスは奥へと続く道へと消えた。

＊　＊　＊　＊

――エルロード視点。

異なる二箇所で強大な力の波動を感じながら、歩みを止め、前方に手を掲げる。

(他種属に対話を試みるお二人の優しさが理解できませんね。主様を待たせている以上、一秒として無駄な時間は許されないというのに)

そのまま――縦横の長さを目測《もくそく》したエルロードは、1ミリの隙間も余さず攻撃魔法を発動させた。正方形のそれは通路に存在した瓦礫《がれき》、草、小動物、ｍｏｂ、その他〝建造物〟以外の一切の障害物を溶かした。

エルロードの前方にいたはずのｍｏｂは、今の魔法により全てが消え去っていた。

どんなｍｏｂがいて、どんな生活を送っているのかすらエルロードには興味がなかった。彼にあるのはただただ主様への忠誠心だけである。

(神殿を探すのに他の生命体は不要。建造物以外を排除し、その後探せばいい)

エルロードが再び歩き出す。

そこには彼の足音だけが響いていた。

＊　＊　＊　＊

三人と別れてから数分後――ほどなくして何かを察したバートランドは愉快《ゆかい》そうに声を上げた。

「おーこれはまた派手にやってんなァ」

「ん？　どうしたの？」

「この遺跡内のモンスターが殆《ほとん》ど消え去ってます。あの三人が暴れてるんでしょうねェ」

それを聞いて修太郎も苦笑いを浮かべる。

目的の途中に出現したｍｏｂを全て蹴散らし進んでいく姿が容易に想像できたからだ。

「意気込んでた三人には気の毒だが、どうやらこの道が〝アタリ〟のようだな」

先頭を行くセオドールが立ち止まる。

つられて修太郎が視線を上げると、そこには何十段と伸びる石造りの階段の先、荘厳《そうごん》な佇《たたず》まいでそびえ立つ神殿があった。

神殿の入り口と思《おぼ》しき場所には何かのマークが彫られている。

「神殿の中こそ何かすごいモンスターがいそうだよね」

冗談っぽくそう言う修太郎だったが、セオドールが驚いたような表情でそれに答える。

「察しの通り、あの先に強力な気配を感じる。神殿を守護する何か、か」

「あ、ほんとに？」

当てずっぽうを肯定され困惑する修太郎。

警戒しつつ階段を上り、入り口へと辿《たど》り着《つ》く。

中は至ってシンプルな造りとなっており、広い空間の中心に祭壇が一つ、それを挟むように竜の形をした像が二つ。

中心部に祀《まつ》られるように置いてある〝太陽と月のマーク〟が描かれた水晶のような物を見つけ修太郎は指をさした。

「きっとあれが宝玉だ」

昇級試験の第一段階目標である〝宝玉〟を見つけた修太郎。その前に――と、セオドールが素早く剣を打ち出した。

スパパッ！　ズズン……！

二体の竜の像が音を立てて崩れ落ちる。

それは悲痛な叫び声と共に光の粒子となって、ほどなくして消え去った。

古代都市ムスキア周辺ｍｏｂ図鑑から引用すると、古代魔道ゴーレムは一見して普通の石像である。しかし主の所有物を奪わんとする者には容赦なく襲いかかり、材料として用いられたモンスターの力を使う事ができたとされている。今は失われた古代の魔法である――

「あーらら、なんか物凄《ものすご》くかわいそうなことしたんじゃない？　旦那」

「敵は斬《き》るのみだ」

動くことすら許されなかったゴーレムに同情するバートランドは、無表情で剣をしまうセオドールに苦笑を浮かべる。

その瞬間、修太郎にアナウンスが鳴った。

『おめでとうございます。昇級試験第二段階が完了しました。報酬をランクアップします。詳細はクエスト画面にてご確認ください』

首を傾《かし》げる修太郎。

なぜなら、まだ宝玉を取っていなかったからだ。

（二段階目って、なにを達成したんだろ）

そう心の中で呟きながらクエスト画面を開く。

〇〇〇〇〇〇〇〇

依頼内容：昇級試験（ＥＸ）
依頼主名：職業案内所
有効期間：４７：４４：０７

第一段階：陰陽召喚士の神殿から宝玉を取り持ち帰る（0／1）

第二段階：遺跡内の全てのｍｏｂを撃破する（30，709／30，709）

第三段階：陰陽の竜と陰陽の召喚士を撃破する（未達成）

○○○○○○○○○

その後、修太郎は二人の魔王に見守られながら祭壇にあった〝召喚士の宝玉〟を取ると、特別な戦闘もなく第一段階目標も（1／1）となり完了となった。

残すは第三段階目標のみと。

「っと、エルロードの旦那達も到着したみたいですよ」

そう言いながらバートランドが視線を入り口に向けると、ひどく落ち込んだ様子のバンピーとガラス、そしていつも通り落ち着いた表情のエルロードが立っていた。

「申し訳……」

「よかった、皆無事で！　皆のお陰で第二段階目標も達成できたよ、ありがとう！」

ありがとう、ありがとう、ありがとう。

固まるバンピーの頭の中に修太郎の声が何度もこだまする。ガラスは目を手で覆うようにしながら天を仰いでいた。

「流石《さすが》ですね主様。自ら神殿を発見なされるとは。我々の出る幕なしです」

と言って、微笑を浮かべるエルロード。

修太郎も笑顔でそれに答える。

「ううん、三人が頑張ってくれたお陰」

一頻《ひとしき》り遠征組三人を労《ねぎら》った修太郎は、本題の〝第三段階目標〟について意見を募った。

「この陰陽の竜ってなんなんだろ」

困ったように呟く修太郎。

ガラスは大袈裟《おおげさ》に手を叩《たた》いてみせた。

「陰陽の竜――そうか、カムイとセムイが何なのか思い出した。東洋の神話に出てくる神の名だな」

眉間にシワを寄せ、バンピーが聞き返す。

「神？」

「そうだ。仲の悪い双子神で、それぞれ太陽と月を司《つかさど》っていると聞いたことがある。カムイが太陽、セムイが月。奴等《やつら》は毎日争っているからカムイが勝ってる時は朝に、セムイが勝っている時は夜になる。つまるところ、カムイとセムイは遺跡内にあらず――」

そう言って、ガララスは指を上に向けた。

「空にある」

一行が空を見上げると、ちょうど太陽から月に変わり、朝を押《お》し除《の》け夜がやってきていた。

それを見て今度は修太郎が呟く。

「セムイの力強まりし時、世界に帳が落ちる。カムイの力強まりし時、世界に陽光が差す。世界の陰陽交りし時、祀りし祭壇に彼の者現れん――」

それはクエスト開始時のアナウンス内容だった。それを聞いてエルロードは納得したように頷く。

「世界の陰陽交わりし時……というのは、二つの神の力が拮抗《きっこう》している瞬間、それとも争いを止めている瞬間、という意味でしょうか」

「或《ある》いは、両方倒した後――とか？」

修太郎の言葉に、エルロードは微笑む。

「後者の方が分かりやすいですね。現段階で祭壇に何も変化がないのなら、主様が仰ったように二つの神討伐後という意味かもしれませんね」

と言い、天を仰いだのだった。

＊　＊　＊　＊

天空を駆ける、二匹の竜。

片方は、赤色の鱗《うろこ》に黄色の瞳。

片方は、青色の鱗に黒色の瞳。

灼熱《しゃくねつ》の光線が大地を割ったかと思えば、絶対零度の光線がそれを追うように駆け抜ける。

はるか天空で絡み合う二匹の竜は、互いを傷つけながら空の色を塗り替えてゆく。

神の国モルデアントバレー周辺ｍｏｂ図鑑から引用すると、天空の覇者カムイとセムイは、かつて朝と夜を司る神であった。この二体の兄弟喧嘩《げんか》によって、目まぐるしく変わる環境に適応できない生物達が、生態系を作れず滅んでいく時代があった。しかし、闇の神ヴォロデリアによって神の位を剥奪《はくだつ》され竜の姿に変えられたのち、古《いにしえ》の召喚士との契約によって鎮められ永きにわたる兄弟喧嘩は幕を閉じたという――

『何か来るよ』

『禍々《まがまが》しい力を感じる』

二匹の竜は、地上から昇ってくる強大な何かの気配を察した。

そして二匹の竜は別々の方向へと飛んでゆき、異なる世界の果てでそれを待った。それにより、世界は朝と夜で二分される。

「ごきげんよう。身勝手な神様」

月の神セムイの元へ来たのは美しい白い少女。

純白のドレスに身を包み、王冠の形をしたツノを持つその少女は、まるで〝死〟そのものだった。

『お前、何者だ』

太陽の神カムイが相対する男に声を荒げる。

青色の髪と赤の瞳、執事服に身を包んだその男は夥《おびただ》しい数の魔法陣に囲まれながら、笑みを浮かべた。

＊　＊　＊　＊

世界の朝と夜が、中間から動かなくなった。

比率が変わるのは兄弟の喧嘩の影響。

となれば――

「始まったか」

腕組みをするガララスが呟く。

修太郎達は祭壇付近で待機しているのだが、未だに陰陽の召喚士らしき者は現れない。

(やっぱり二体が倒れてから現れるタイプのキャラクターなのかな)

修太郎が薄々そう感じて来た頃――祭壇の前に煙のようなモヤのような、黒と白が入り混じった何かが現れる。

セオドールとバートランドは武器を構えた。

『神聖な地を汚《けが》す侵入者よ。ここは召喚獣《しょうかんじゅう》達の楽園、そして我が主が眠る場所。何人たりとも足を踏み入れることは許されない。我が主の力を持って排除する』

現れたのはボロ切れを纏った老人。

それは陰陽の召喚士の幻影だった。

曲がった腰と大きな杖《つえ》を持ったその老人が修太郎達の元へと歩み寄ってくると、持っていた宝石のようなものを地面に転がした。

脈動すると共に、ヒビが入る宝石。

中から光が漏れ出し、弾けた。

それはみるみる形を変える。

宝石は三体の化け物に変化していた。

（そっか。カムイとセムイが召喚獣なら、後三体いないとおかしいもんね）

現れたのは巨大な二足歩行の一角獣。

闇を纏った赤い眼の猿。

そして、緑色の美しい女性。

「我が行こう」

そう言って歩み出たのはガララス。

豪華なマントをはためかせ三体を見下ろした。

『なるほど。はるか格上、か』

ガララスを見るなり、ひとめで実力の差を感じ取った幻影。そして何かの文言を唱えると三体の体が紫色の光に包まれ、魔王達はその三体の〝格〟が明らかに変わったのを感じた。

心配の表情をガララスに向ける修太郎。対するガララスは特に何かする訳でもなく、ただそこに腕を組んで佇んでいた。

ｍｏｂのレベル上限は１２０である。

けれども、レベル１２０同士が互角というわけではない。それは特性だったり、ステータス的なポテンシャルだったり、スキルのレベルだったりが関係するが、基本的には〝存在としての格――階級〟によって強さのベースが決定付けられるといえる。

例えばスライムのレベル１２０と、プニ夫《お》の種族であるアビス・スライムのレベル１２０では、後者の方が圧倒的に強い。これは種族の格が違うため、その他追随するステータス諸々《もろもろ》も桁《けた》が変わってくるからである。

例えるなら、同じだけの訓練を施された5歳児と１８歳の駆けっこ勝負のようなものだ。同じだけの経験を積んでいても、歩幅や体力、筋力が圧倒的に違うのである。

スライムは〝第一階級種族〟でアビス・スライムは〝第四階級種族〟にあたる。それぞれ階級ごとに強さの上限は変わってくるため、最大階級である〝第五階級種族〟のレベル１２０ともなればその強さは計り知れない。

『どうした。何をしているお前たち！』

陰陽の召喚士の幻影は、目の前で起こっている状況を理解できなかった。召喚したのはカムイとセムイと同格の召喚獣――しかしどうだ、対する一人の男に、全く攻撃が通らないのである。

三方向からの猛烈な攻撃を受けながらも、全くダメージがないように、退屈そうに欠伸《あくび》をする第三位魔王《ガラス》。

「まるで勝負にならないではないか」

その瞬間、ガラスの固有スキル《金剛の肉体》が発動した。

召喚獣の三体は凄《すさ》まじい轟音《ごうおん》と共に襲ってきた〝赤色の衝撃波〟に撃ち抜かれると、神殿の方々に打ち付けられ、ガラスにヒビが入るが如く粉々に砕け散った。

固有スキル《金剛の肉体》

相手の攻撃が自身の防御力を下回っていた場合、そのダメージを無効化し、受けるはずだったダメージにガラス自身の攻撃力を上乗せした数値を対象に跳ね返す効果を持つ。

『そんな、まさか……主の召喚獣達が……究極の個体が、なぜ……？』

一瞬のうちに三体が玉砕した事に衝撃を受ける幻影。ガラスは不思議そうな顔で首を鳴らした。

「お主は世界を知らない、所詮は遺跡《カゴ》の中の鳥よ。究極の個体というのはそんなハンパな第五階級種族を指す言葉ではない。その頂《いただき》の更に上、本当の高みにこそ究極は存在する」

何もせずに勝ってしまった——と、本気で肩を落とすガラス。修太郎は唖然《あぜん》とした表情で呟く。

「圧勝……」

「格を上げた所で第五階級種族じゃ〝第七階級種族〟と勝負になりませんよ。伊達《だて》に王は名乗ってません」

煙草《たばこ》をふかしながら笑うバートランド。

ｍｏｂの最終到達地点は第五階級である。

全てのｍｏｂはその頂に登る資格を持つ。

しかし、その上には更に二つの階級が存在していた。その事実を知るのは、本当の頂にいる魔王達のみである。

（レベルが同じでもあんなに圧倒的な差があるんだ……）

修太郎は〝魔王〟という存在の規格外さを改めて認識することとなった。

「終わったみたいだな」

目を伏せていたセオドールが呟く。

空が真っ白な空間となっていた。

快晴でもなく、もちろん夜でもない。

そこにあった色が全て消えたような——そんな色だった。

＊　＊　＊　＊

時間は遡《さかのぼ》り、月の神セムイ。

セムイは、徐々に近寄ってくる〝化け物〟の実力の底を推し量れずにいた。

妖艶な笑みを浮かべた白い少女。

（違う。これは戦うとか、逃げるとか、そういう理屈が通る相手じゃない）

かつて神だった竜、セムイ。

カムイとの争いは常に互いを殺すつもりでやっていたし、何者かに介入されても、戦いの余波で塵となり消え失せるため気にする必要はなかった。

カムイとセムイにとって己の主以外は皆等しく〝興味のないもの〟であり〝有象無象〟であったから——しかしどうだ、今まさに己を討たんと迫るアレの前では、己の命など吹いて消える程度のものでしかない。

有象無象の側に、初めて立った感覚。

抗えない敗北、そして死の恐怖。

「怯えているの？」

バンピーはセムイに尋ねる。

セムイの体は小刻みに震えていた。

セムイの体に触れた手は氷のように冷たく、そして小さかった。

「賢い子は好き。妾は戦って散るのが真の美徳とは思わないから」

命が凍りつくような真っ白なオーラ。

死神《しにがみ》のような少女。

陰陽の召喚士に縛られて百数年。かつての主は祭壇に祀られ、主の形をした幻影に従うのを辞めたのが、ちょうど百年前だった。

セムイは最果てにいる己の片割れ《カムイ》を想いながら、覚悟を決めた眼でバンピーを見た。

＊　＊　＊　＊

太陽の神カムイは悟っていた。

目の前の男が、自分よりはるか格上である事を。

エルロードの周りには夥《おびただ》しい数の魔法陣が浮かんでおり、エルロードはカムイの動きを観察しているように見える。

（魔法ならば、己の肉体で耐えられる）

カムイとセムイの鱗は特別だった。

二匹の鱗は神の位置にいた頃に着ていた衣が変化したもので、あらゆる属性の魔法に耐性を持つ。

しかし何故《なぜ》だろう。

こんなにも恐ろしいのは。

カムイは自然と自分が〝攻撃を防ぐ〟ことを第一に考えている事に気付く——かつては神として崇《あが》められ、竜となった今も世界の覇者である己が、目の前の男に圧倒されている。

(舐《な》めるなよ！)

『《プロミネンス・ノヴァ》』

エルロードに向け放たれたのは巨大な炎の塊。それが轟々《ごうごう》と音を立てながらエルロードに迫ると、顔色も変えずエルロードが指を動かした。

銀色の懐中時計《どけい》のエフェクトが回る。

コッチ、カッチ

コッ……チ、カッ……チ

懐中時計の針が進むと共に、炎の塊の速度が徐々に徐々に遅くなってゆく。

カッ…………チ…………！

そして、完全にそれが空中で止まった。

エルロードはそれを観察するように眺めながら指で弾くように触れると、カムイの攻撃は光の粒子となり儚《はかな》く消えた。

エルロードは肩を竦《すく》めてみせる。

「一瞬で格の差を感じ取ったまでは良い。闘争心も結構。しかしその後放ったのは小手調べの軟弱攻撃——実に興醒《きょうざ》めです」

そう言いながら、エルロードは周囲の魔法陣の中から一つを取り出すと、自分の掌《てのひら》の上に置く。そのまま掌をカムイに向けると、不敵に笑った。

「一撃で倒すつもりの魔法というのは、こういうものです」

それは、漆黒の閃光《せんこう》。

ほんの0・2秒間の出力。

しかし、威力は絶大だった。

カムイの肩から先がなくなっていたのだ。

『ぐおおおおおおお！！！』

遅れてくる痛みにのたうちまわるカムイ。

撃ち抜かれた——ということまで予想がついたカムイだが、この魔法には恐ろしい効果が秘められていた。

「《深淵の蟲《デ・バグ》》」

エルロードの冷めた声が響く。

撃ち抜かれた傷口がみるみるうちに黒ずんでゆき、たちどころに腐っていく。いや、腐るというよりも〝食われている〟と形容した方が適当かもしれない。

「それは相手の魔力に引かれる蟲《むし》を模《も》した魔法です。対象を喰《く》らい尽《つ》くすまで攻撃の効果は続き、受けた傷は治りません」

一撃でハッキリした実力の差。

最強の防御だと思っていた己の鱗が簡単に貫かれ、反撃の時間すら許されない事実上〝詰み〟を叩きつける魔法。

(実力の一端を見たからこそ分かる)

カムイはエルロードから滲《にじ》み出《で》る底なしの魔力を感じていた……彼が実力のほんの少しも出していないことも。

カムイに抗う術はない。

神の誇りか、命乞いもしない。

(すまん我が半身、先に逝《い》くぞ)

悟ったように首を垂れ、頭《弱点》を見せる。

『やれ』

「元よりそのつもりです」

また一つ、魔法陣を摑《つか》むエルロード。

掌で魔法陣が大きくなり、黒炎が灯《とも》る。

＊　＊　＊　＊

陰陽の召喚士の幻影は天を仰ぎ、宣言する。

『こい、天竜カムイセムイ！　かつて神と呼ばれたその力を存分に振るうがいい！』

不敵な笑みを浮かべ、勝ち誇ったように侵入者達を見やる召喚士。しかし、魔王三人はおろか、修太郎すらそれに驚く反応は示さなかった。

空から二つの影が落ちる。

それらは音も立てずに降り立つと、陰陽の召喚士に背を向けた形で、修太郎にこうべを垂れた。

「主様、お待たせ致しました」

「申し訳ありません。遅くなりました」

執事服と、白のドレスが揺れる。

修太郎は安心したように微笑んだ。

「おかえり、二人とも」

そう言いながら、修太郎はバンピーの両肩に何かが乗っていることに気が付く――それはまるで召喚獣時のセオドールみたく、手乗りサイズの赤と青の竜だった。

『カムイ、セムイ！　なんだその姿は。なぜ賊の肩に乗っている！　貴様ら、主への忠義を忘れたか！　よもや賊に屈服するなどと』

　二匹が何かを理解し、声を荒らげる幻影。

　青色の竜――セムイがそれに答える。

『己達は高貴で残酷なまでに強いこのお方に忠誠を誓ったんだよ。幻影であるお前に従う義理もないし』

　赤い竜カムイが続ける。

『己達は死の王バンピー様、ひいてはその主たる修太郎様に忠誠を誓う。手も足も出なかったからな』

　失った片腕を見つめるカムイ。

　バンピーはエルロードを睨《にら》んだ。

「妾の可愛い下僕に怪我《けが》させるなんて」

「殺さなかっただけ幸運だと思ってください」

　あの時バンピーは、降伏と服従を誓ったセムイの頼みを聞き入れ、エルロードに念話を飛ばしたのだ。エルロードは即座に魔法の進行を止めているのだが、失った部位はそのままだった。

　修太郎は二匹の竜に話しかける。

「はじめまして。修太郎です」

　二匹の竜もまた、深々と頭を下げた。

『はじめまして、主様。この度はバンピー様の下僕となる事を許可してくださり、ありがとうございました』

『絶対の忠誠を誓うと共に、いついかなる時もバンピー様と主様に尽力いたします』

同じようにして頭を下げるバンピー。

紙一重で救われ、エルロードとは折りが合わなかったカムイもまた、バンピーの下僕になることを願った。そしてバンピーはその旨《むね》を修太郎に伝え、修太郎はそれを快く承諾した――というのが、事の顛末《てんまつ》である。

(仲間が増えることはいいことだよね)

修太郎も上機嫌な様子で頷いている。

『絶対の忠誠か。前の主への忠誠を簡単に失っておいて、よくもそんな軽口が叩けるな』

幻影の言葉に、カムイが激昂《げきこう》する。

『黙れ。己達は元々ヴォロデリアによって力を剥奪された所に、忌々《いまいま》しい召喚士が奇妙な力で縛っただけの事。奴の死後、その呪縛からは解き放たれようともこの場所から出られず、死ぬこともできず苦しんだ己達の無念がお前に分かるか』

幻影に向かい、口内で光を溜《た》める――

カムイは白の、セムイは黒の光が集まる。

『ま、待て！　私に攻撃などと……』

その言葉も虚《むな》しく、放たれた二色の光線。

凄まじい熱量に周囲の温度が一気に上がる。

『グウウアアア……！！！』

幻影はそれに抗う力を持っておらず、断末魔の叫びと共に蒸発したように消え去ったのだった。

「これで、終わりかな？」

辺りを見渡す修太郎。

『おめでとうございます。昇級試験第三段階目が完了しました。これにより全項目達成となります。報酬が二段階ランクアップします。報酬が最大となります』

修太郎の視界にシステムアナウンスが流れ、修太郎の体が眩《まばゆ》い光に包まれた。

〇〇〇〇〇〇〇〇〇

依頼内容：昇級試験（ＥＸ）
依頼主名：職業案内所
有効期間：４７：３９：１１
第一段階：陰陽召喚士の神殿から宝玉を取り持ち帰る（達成）

第二段階：遺跡内の全てのmobを撃破する（達成）
第三段階：陰陽の竜と陰陽の召喚士を撃破する（達成）

○○○○○○○○○

眩い光は修太郎に新たな力を授けた。

修太郎の脳内にアナウンスが響く。

『条件を満たしました。ＥＸジョブ〝伝説の召喚士〟を取得しました。二段階報酬が適用されます、ＥＸジョブ〝陰陽の召喚士〟にクラスアップしました。三段階報酬が適用されます、ＥＸジョブ〝統べる者《ロード》〟にクラスアップしました』

（ＥＸジョブが二段階も強化されたのか）

両手をグーパーさせる修太郎。

目の前に〝統べる者〟の詳細が表示された。

〝統べる者〟

概要：全ての魔物を従える資質を持った者が就く事のできる職。あらゆる配下の技を扱う事ができ、配下の真の力を引き出す力を持つ。その者、万の軍を率いて世界を統べる覇者とならん

出現条件：忠誠度が最大かつ１万体以上の配下を従えた者が、陰陽の召喚士とその全ての召喚獣を討った場合に解放される

取得スキル：召喚枠拡張、統率者の檄《げき》、生命共有、成長補正の極み、限界召喚、契約魔法

○追加スキル

召喚枠拡張：最大召喚数を２枠追加する

統率者の檄：使用者に帰属する配下のステータスを１５０％上昇させる（効果範囲１５ｍ）

生命共有：使用者は最大２体の配下のＬＰ《生命力》と自身のＬＰを共有させることができる

成長補正の極み：配下への経験値量500%上昇
限界召喚：召喚獣の種としての限界を突破させ、進化とレベルの上限を上げる　※成長限界に達した配下にのみ有効
契約魔法：配下の攻撃スキルおよび魔法スキルおよび固有スキルを使うことができる。対象とする配下の忠誠度が高いほど再現度が上昇する

その内容に目を白黒させる修太郎。

スキルの内容と性能が、今までのソレとは大きくかけ離れていたからだ。当然、ステータス強化値も〝剣士〟や〝召喚士〟の比ではない。

この〝統べる者〟という職業は、レベル120を満たしたとしても満たす事が困難な前提条件をパスした者が成れる〝伝説の召喚士〟の、さらに二階級上に位置する職業である。

本来レベル30ぽっちの少年が、こんな短期間に解放できる職業ではない。しかし、度重なる偶然と、それ以降の必然が重なってイレギュラーは成ったのだ。

レベル1で選んだ職業を〝第一階級〟として、30、60、90、120で〝第五階級〟となるのが通常のルート。

第五階級が伝説の召喚士であり、

第六階級は陰陽の召喚士である。

統べる者は〝第七階級〟に位置する職業。

奇《く》しくもそれは魔王達の階級と同等だった。

（それにこの通常スキルは、二連撃みたいな攻撃スキルと同じで成長させられる。全部を熟練度１００にしたら一体どれほどの……）

心の中で身震いする修太郎。

手にした力の大きさに押《お》し潰《つぶ》されそうになる。

『試験終了です。残り１０秒で転送が始まります。試験終了です。残り１０秒で転送が――』

「皆が頑張ってくれた成果だ。感謝しなきゃ」

開いた手を力強く閉じる修太郎。

修太郎に想像以上の恩恵《おんけい》をもたらした昇級試験は幕を閉じ、神殿の崩壊と同時に、修太郎の体が光に包まれ消えた。

Chapter 09: 第9話

The unimplemented end-stage enemys have joined us!

その場所には名前がない。
その場所には法律がない。
その場所には差別がない。
その場所はただ、力を求めた者が集まる。
その場所はただ、力を求める者に与える。
朝の来ない世界。光のない世界。
あるのは残った片方の目と、己が信念のみ。
皆が名前も身分も捨て、信念という名の〝剣《つるぎ》〟を振るう。
枯れ果てた荒野の上、三つの影があった。
顔の見えない黒のローブに、銀の剣。
三人が三人、同じ格好・同じ武器を持ち、異なる信念《力》を振るい、火花を散らした。
「動きが鈍いな！《目無しのNo.9》！」
ひときわ体格の大きい影が吠《ほ》える。

目無しのNo.9と呼ばれた影は二つの影に狙われているようだった。もう一つの影が口を開く。

「まぐれで貰《もら》ったんだろ？　一桁の数字《王の権利》は俺がいただく」

二つの影が同時に剣を振るう。

目無しのNo.9は体を捻《ひね》るように跳び、二本の剣の間を間一髪ですり抜ける——と、片方には剣の一撃を、片方には蹴りをそれぞれ喰《く》らわせた。

「ぐうッ……二人でも無理か」

蹴り飛ばされた方は口に位置する部分を拭うようにして後退《あとずさ》る。

「あ、ぁあぁぁぁあ！！！」

そして斬《き》られた方は、まるで炎に巻き上げられ散る煤《すす》が如《ごと》く、黒く細かい屑《くず》のように体が崩れ、やがて消え去った——それは、この世界での〝死〟だった。

「………」

生き残った方は無言でその場から消える。

辺りに静寂が落ちると、目無しのNo.9はしばらくして歩き出した。

＊　＊　＊　＊

小さな焚火《たきび》を囲い、目無しのNo.9は見ることのできないその炎を、ただ見つめていた。

肩には美しい銀色の剣が、もたれるように置かれている。その柄の部分を撫《な》でるように、目無しの№9は焚火をただ見ていた。

「よ。ちゃんと生き残ってるな」

瞬間——銀の剣を声の方へ振るう。

声の主はそれを避《よ》けるでもなく肩で受けるも、そこに傷ができることはなかった。

目無しの№9はハッとしたように剣を収める。声の主はため息を吐《つ》くと、彼とは反対方向に腰を下ろし、焚火を囲んだ。

「感覚が研ぎ澄まされてるのは結構だが、私の気配くらいはいい加減覚えてくれないか？」

そう言いながら、銀髪の美女《第四位魔王》シルヴィアは目の前に座る男——アイアンを見る。焚火に照らされながら、そのボロボロのローブの奥に一瞬、機械の顔が覗《のぞ》いたように見えた。

「二桁以降にはもう相手がいないだろう——ただここから先、上に残っている奴等《やつら》はハッキリ言ってモノが違う。玉座にこそ座れていないが数百年の時を〝この世界〟で生き延びている達人のような連中ばかり」

アイアンを観察するシルヴィア。

アイアンに動揺する様子は見られない。

シルヴィアは満足そうに頷《うなず》いた。

「勝てなくても逃げたくても、戦う姿勢だけは捨てるんじゃない。それを失えばもうここで形を保てないから」

と言いながら、立ち上がるシルヴィア。

アイアンはただ、焚火を見つめていた。

「心配で見に来たが、余計な心配だったな。なら次会う時は玉座についた時だ」

そう言って、シルヴィアが笑顔を向けると、アイアンはゆっくりと顔を上げ——小さく頷いた。

「健闘を」

シルヴィアが闇へと溶け、
辺りに静寂が落ちる。

彼女が消えた場所をしばらく眺めた後、
アイアンは再び焚火に視線を向けた。

＊　＊　＊　＊

ロス・マオラ城——王の間。

無事に昇級試験を終えた修太郎《しゅうたろう》達がロス・マオラ城に戻って来ると、カムイとセムイは歓喜の声を上げた。

『ここが主様の城かぁ』

『強い気配をいくつも感じる』

それぞれがバンピーの肩に乗っており、傍《はた》からみれば、白い少女の肩に乗った赤と青の小さな竜——という、まるでお伽話《とぎばなし》のような光景に映るだろう。

「主様。この子達には特に用事がない時、レジウリアに居てもらおうと思うのですがいかがでしょうか？」

バンピーの提案に頷く修太郎。

「そうしよっか。ただ、そのまま押し込めておくだけじゃ前の時と変わらないから、バンピーが度々行って面倒を見てあげてね」

「承知しました」

こうべを垂れるバンピー。

二匹を見ながら、修太郎が続ける。

「それから、カムイとセムイをレジウリアに入れるに当たって条件が二つ。一つは〝兄弟喧嘩《げんか》をこれっきりにする〟という事。もう一つは〝カムイは朝と昼、セムイは昼と夜に空を飛ぶ〟という事。守れるかな？」

『ええと、それって……』

カムイとセムイは二つ目の条件についてピンときていないようで、可愛《かわい》らしく小首を傾《かし》げている。修太郎が補足するより先に、セオドールが簡潔に述べた。

「常に光があるレジウリアに朝、昼、晩という概念を加え、作業能率を上げるのが目的だ。特に夜が来る事で夜行性種族およびアンデッド種族達の動きが良くなり、そのあいだ昼行性種族が休める」

『昼は己達両方が飛んでていいのか？』

「遺跡でやったように半々のまま維持すればいい」

セオドールの補足によって納得した様子の二匹。ニヒルな笑みを浮かべ、セオドールに目をやりながらガラスが口を開く。

「同じ竜同士、仲良くやれそうだな」

「こいつらは第二位の下僕。馴《な》れ合《あ》うつもりはない」

そう言って、再び沈黙するセオドール。

修太郎は次にシルヴィアへと視線を向けた。

「シルヴィア、その……アイアンの様子はどう？」

「はい？　問題なさそうですが」

安心したように「そっか」と呟《つぶや》く修太郎に、シルヴィアは眉をひそめて言葉を続ける。

「主様。アイアンを私の世界に送ったこと、後悔してらっしゃいますか？」

「！」

修太郎の瞳が揺れる。

その反応は、肯定以外の何ものでもない。

エルロードは睨《にら》みを利かせるも、シルヴィアを咎《とが》めるような事はしなかった。

「後悔や心配は理解できます。けど、今はアイアンをただ信じましょう。そして戻った暁《あかつき》には労《ねぎら》いましょう。奴にとって〝それ〟が何より糧《かて》になりますから」

そう言って、微笑《ほほえ》みを向けるシルヴィア。

修太郎も同じように微笑み、小さく頷いた。

天を仰ぐバートランド。

煙草《たばこ》の煙がフワリと広がり、澄み切った青空へと溶けていった。

書き下ろし

獣族の王

The unimple
mented
end-stage enemys
have joined us!

とある森の奥深くで、獣《けもの》の遠吠《とおぼえ》が響いた。

かつて人族が住んでいた名残《なご》りとして、朽ちた石造りの建造物が点在するこの森は、誇り高い灰色狼《はいいろおおかみ》の縄張りだった――

荒い息遣いと共に現れた巨大な猪《いのしし》。

何かから逃げるように縦横無尽に駆ける。

前方、後方、そして左右から遠吠えが聞こえる。かまわず進む猪へ二匹の狼が襲いかかる！

逞《たくま》しい成熟した体の二匹の雄。

しかし猪との体格差は歴然である。

「もう逃がさないぞ！」

「くそう、硬いなコイツ！」

分厚い皮膚に牙《きば》と爪《つめ》を立てながら一緒になって引《ひ》き摺《ず》られる二匹――そのまま進む猪は巨大な岩を見付けると、その二匹を圧死させんと体当たりを繰り出した。

「！」

岩と猪の前にヌッと現れた別の灰色狼。

その体躯《たいく》はゆうに5メートルを超えていた。

歴戦《れきせん》の戦士を彷彿《ほうふつ》とさせる鋭い眼光と牙。

それまで疾走していた猪が初めて止まり、力強く身震いをするその刹那《せつな》――猪の首が宙を舞った。

「倒したー!!」

シュタッと木の上に着地した小さな狼。

六人兄弟の末っ子――シルヴィアだった。

＊　＊　＊　＊

家族で仲良く食事にありつきながら、一際《ひときわ》大きな狼――父アウロンが口を開く。

「一番やんちゃだがシルヴィアは狩りの筋が一番良い。それに、そのスキルは正に森神様からの授かり物だ」

「えっへっへー！」

父に褒められ得意げなシルヴィア。

他の兄弟達は悔しそうに肉を齧《かじ》る。

獣達が発現するスキルの実に９９％は「身体強化系」であり、種類も狭く「強化される部位」が違う程度。たとえば長男は嗅覚強化のスキルだし、三男は脚力強化のスキルが発現している。

それは珍しいことではない。

人族でいえば「言語理解」だったり「器用さ上昇」だったりと、日々の生活を豊かにさせるようなスキルが発現するのと同じ原理だった。

しかし末っ子シルヴィアは例外である。

彼女のスキル――《閃剣》は、光の剣を召喚するというもの。獣達が発現するスキル群とは一線を画している。

とはいえ、そのお陰もあって彼女は兄弟で一番獲物を取ってきたし、父はそんなシルヴィアを「森神の使い」だと誇りに思っていた。

「母様も褒めて褒めて！」

「シルヴィアは本当甘えん坊なんだから」

強くても生まれて間もない未熟な狼だ。一番食いしん坊、一番暴れん坊で、一番の甘えん坊である。そんな彼女を母親は可愛《かわい》がり、兄弟達も可愛がった。シルヴィアは「こんな日常がずっと続けばいいのに」と思いながら、なに不自由なく幸せに暮らしていた。

そんなある日の出来事――

シルヴィアがいつものように兄弟達と追いかけっこをしていると、長男が普段は通らない道を進み出した。嗅覚強化のスキルを持つ長男は索敵《さくてき》能力に長《た》けており、鼻をヒクつかせながら「この先に何かある」と進んだ。

六人兄弟がたどり着いたのは朽ちた遺跡。

そこは六人が初めて来る場所だった。

「すごい場所に出たぞ」

「なんだよ、人族のガラクタじゃんか」

「でもこんな状態が綺麗《きれい》なのは初めて」

兄弟達がやいのやいのと会話する中、シルヴィアはある一点を見つめ口を開く。

「あれなんだろ？」

視線の先には遺跡のアーチがあった。

蔦《つた》や苔《こけ》に覆われながらも、しっかりとその形を残したアーチ。驚くべきはその内側で、昼間だというのに夜のように暗く黒く淀《よど》んでいた。

なんだこれ？　秘密基地か？　と、興味津々の兄弟達が近付こうとしたその瞬間——


「ここで遊ぶんじゃない！」


凄《すさ》まじい怒号が辺り一帯に響き渡った。

見れば恐ろしい形相の父がそこにいた。

兄弟達は父親のあんな顔を見たのは初めてで、皆一様に驚き怯《おび》えた表情を見せる。

父は兄弟達を連れ帰路につく中で振り返ると、忌々《いまいま》しい物を見るようにあのアーチを睨《にら》み付《つ》けていた。

＊　＊　＊　＊

フクロウも眠る真夜中のこと。

木の根の下に掘られた家の中、なかなか寝付けないシルヴィアが身を起こすと、珍しく母も起きていることに気付く。

「どうしたの？」

いつもの優しい母の声。

シルヴィアは身を寄せるようにして母の寝床に収まると、昼間あったことを語った。

黙って頷《うなず》いていた母が口を開く。

「あの先には〝死〟が待ってるわ」

「行ったら死んじゃうの？」

「そうねぇ」

不安そうな様子のシルヴィアを包み込みながら、母は優しい口調《くちょう》で続ける。

「あのアーチの先に行った者は誰一人として帰ってこなかったの。お父さんのお兄さんも、お母さんの友人もあの向こう側から帰ってはこなかった――だから行ってはいけない場所なの」

腑《ふ》に落ちない様子のシルヴィア。

母は困ったように続ける。

「シルヴィア、好奇心が強いのは良いことよ。あなたが誰よりも勇敢なのも知ってる。でもね、お父さんやお母さんを悲しませることだけはしないで頂戴《ちょうだい》。いいわね？」

そう言われシルヴィアは観念したように「わかった」と頷いた。

＊　＊　＊　＊

考古学者であるサイモン・ハロルドは、大勢の冒険者を連れ、目的の場所に辿《たど》り着《つ》いた。

「ここだ、間違いない！」

感極まった様子で膝《ひざ》から崩れるサイモン。

目の前にはシルヴィア達が見つけた遺跡があり、彼の旅の目的地こそこの遺跡であった。

冒険者の一人が不安そうに声を上げる。

「サイモンさん、あったなら任務達成でしょう？　俺達は調査依頼まで受けてませんよ」

「やかましい！　私がどれだけこの遺跡を探していたか貴様らには分かるまい！　これを前にして帰路につくなど有り得んわ！」

興奮した様子で手をわきわきするサイモン。

別の冒険者は怯えたように辺りを見渡す。

「ここって灰色狼共の縄張りっすよ？　幼体でもレベル70からいるって言うじゃあないですか。群れで襲われたら流石《さすが》に我々じゃ……」

そんな冒険者の視線の端に何かが映る――咄嗟《とっさ》に武器を抜くと、仲間達も条件反射的に武器を取った！

茂みの中から牙を剝《む》いた二匹の狼が現れた。

それは、父や母からの忠告では納得いかず、再びこの場所に来ていた長男と次男だった。

「人だ、人が俺達の縄張りを荒らしている！」

「何も奪わせない！　追い払う！」

二匹はジリジリと冒険者達に詰め寄る。

冒険者達は素早く戦闘態勢に入った！

しばらくの戦闘、そして――

「っへへ、Ａ級冒険者を舐《な》めんなよ」

肩で息をする冒険者達。

視線の先には血だらけで横たわる二匹の狼。

短剣を手にした冒険者が近づいてゆく。

「灰色狼の毛皮つったらＡ級素材よ。これでイカレじじいのケチくさい報酬に色が付く……！」

まだ息のある二匹だが既に動く力はない。

短剣が長男を貫くその瞬間――冒険者達は、明らかに周りの空気が変わったのを感じた。

その表情には明らかな怯えが見て取れる。

「アレはなんだ……！」

茂みの奥から現れた複数の狼。

中でも一際異彩を放つのは巨大な狼だ。

「やってくれたな、人族」

父の威嚇に続いて母も殺気を放っている。

シルヴィアも冒険者達の前へ歩いてゆく。

「こ、ころせ！　殺せい！」

狼狽《うろた》えた様子でサイモンが叫ぶ。

冒険者達のほとんどが父の姿を見て戦意を喪失している中で、一人の冒険者だけが唯一、怯える様子もなく前に出た。

立派な鎧《よろい》に身を包んだ男。

腰に携えた長剣に手を置き、笑う。

「退屈な依頼だと思ってたが、なかなかどうして楽しめそうな獲物が出てきたじゃねえか」

シルヴィアは「この男だけ明らかに強い」と感じており、実際その通りであった。

S級冒険者　ロイヤ。

竜をも倒した人類の至宝。

長剣をスラリと抜いて構える。

「さあて――闘《や》るか」

＊　＊　＊　＊

ここまで疲弊した父の姿は、シルヴィアはおろか母も記憶にない。それほどまでにこのロイヤという男は強かった。

身体中に血を滲《にじ》ませながら、やっとの状態で立っている父。

「くくく……とんでもねえ化け物だな」

対して、目立った傷もないロイヤ。

まさに今、父が討たれようとしている場面で、意を決したシルヴィアが飛び出す。

光の剣を口に咥《くわ》え、ロイヤの剣を叩《たた》いた。

「なにっ⁉」

一瞬の不覚――獣が持つようなスキルではないソレによって、ロイヤの剣が宙を舞う。

(私じゃ倒せない。ならッ!)

そのままの勢いで力任せに体当たりを繰り出すと、後ろに佇《たたず》む夜空の如《ごと》きアーチへ、シルヴィアはロイヤもろとも溶けてゆく。

闇に飲まれるその中で、父と母の悲痛な叫び声がいつまでも彼女の頭にこだましていた。

＊　＊　＊　＊

気付くと闇の中にいたシルヴィア。

（父様、母様、皆、無事かな……）

いいや、自分があの男を道連れにしたんだ、残った奴等《やつら》なら手負いの父様でも問題ないだろう——そう考えながら、シルヴィアはむくりと立ち上がる。

辺りを見渡してもそこには何もなく、目を開いているのか、閉じているのかさえ分からない空間が延々と続いていた。

（出口、かな？）

唯一ある巨大な門の前まで歩いていくシルヴィア。扉には小さな穴が空いている以外、特別な装飾も何もない。

門は固く閉ざされており、何度押してもびくともしない。

（くぐったら死ぬって言ってたもんね）

ここで朽ちて死ぬのだろうか。

昨日の母の言葉を思い出し、シルヴィアは押す力が徐々に弱まってゆくのを感じていた。

『片目を捧《ささ》げよ　さすれば資格を与えよう』

どこからともなく声が聞こえてきた。

シルヴィアは唸《うな》るように声に尋ねた。

「やいやい!!　資格ってなんだ！」

その叫びに応《こた》える者は誰もいない。

静寂と闇が漂っているだけだった。

（片目を捧げる……この穴に入れる、のか？）

自分で自分の目を抉《えぐ》れというのか。

そんな恐ろしいことをできるはずがない。

シルヴィアは門から離れた場所で丸くなり、それから眠り続けた。しかし、しばらく待てば飢えが来るか朝になるかと思っていたのに、状況が変わることはなかった。

むしろ彼女は体の異変に気付いてしまう。

（眠くならない、お腹《なか》も空かない）

およそ欲求の全てがなくなっている感覚。

体感時間で1日はこうしていたのに、何も変化がないことに驚いていた。

その気付きは3日3晩過ごしたことで確信へと変わった。

『片目を捧げよ　さすれば資格を与えよう』

再び門から声がした。

シルヴィアは立ち上がり、門へと近付く。

思い浮かべるのは家族の顔だ。

（目一つで帰れるなら、くれてやる）

シルヴィアは左目を自分の爪で抉り出す。

灼熱《しゃくねつ》の痛み――苦痛に叫ばずにいられない。

血みどろになりながら目玉を窪《くぼ》みに嵌《は》め込《こ》んだ。

リォオオオン！！！

電子音とも鐘とも違う不気味な音が響く。

門に血液が巡ったように赤色の閃光《せんこう》が駆け巡ると、ビクともしなかった門が轟音《ごうおん》を立てて開いていき――シルヴィアはその先の〝世界〟を見ることになる。

黒のもやが漂う、切り崩した山に無造作に墓標《ぼひょう》が刺さっているような異質な空間。

黒のフードを被《かぶ》ったローブの集団が、胸の前で剣を上に向けるように構えながら蠢《うごめ》いている。

なんだここは――

明らかに異質なその空間に戦慄するシルヴィアは、自身の体がボロボロの布切れと剣に変わっていることに気付いた。

シルヴィアは吸い込まれるように世界へ進む。

頭の中に繰り返し流れる「戦いを」の声。

次第にシルヴィアはシルヴィアではなくなってゆき、一人の戦士、一振りの剣となり、世界の一部となって溶けていった。

門が閉まると再び静寂が訪れた。

＊　＊　＊　＊

無名の戦士。

この世界の住人はそう呼ばれている。

名前はなく、「個」すらない。

あるのは戦いへの「飢え」と「信念」。

戦わない者、戦士にあらず。

信念なき者、戦士にあらず。

戦士でない者、混沌《こんとん》とひとつになる。

無名の№３５５０。

それが名前なのか、記号なのか、彼女には分からない。けれど、他の戦士を斬《き》り殺《ころ》す度に彼女の一部は返ってきた。

「ここは……？」

闇の中の無限墓地。そんな場所に彼女はいた。

相変わらずボロボロの布切れと剣だけの体だが、今までまどろみの中にいた彼女の自我は、ここで初めて覚醒した。

何人を殺した？　何年経《た》った？

それすらも思い出せなかった。ただ、目の前に横たわるNo.１９９８が消えてゆくと同時に、彼女の中で失われていた何かが蘇《よみがえ》る。

「お前の剣《つるぎ》はこの世界にないものだ」

横たわるNo.１９９８が語り出す。

「それこそこの世界に必要なものかもしれないな」

それだけ言うと、No.１９９８は涙を浮かべた若い男性の姿となり、一瞬のうちに砂のように消えてなくなった。

No.１９９８を殺した彼女の名前が変わる。

これからはNo.３５５０ではなく、No.１９９８として生きていくことになる。

「私の、剣？」

光を集めたようなまばゆい剣。

コレが何なのか、彼女はまだ思い出せない。

思い出せたのは自分の「信念」。
ふらふらと歩き出し、次の戦士を探す。
「帰らなきゃ……」
なぜ？　それは思い出せない。
どこへ？　それも思い出せない。
彼女は戦士を倒し続けた。
倒した相手は様々な姿に変わり、消える。

ある者は一振りの刀に。
ある者は巨大な樹《き》に。
ある者は老いた人族に。

無名の戦士を倒すたび、彼女の中の何かが返ってくる。およそ百数年も戦い続けた彼女がNo.94の名前を得ると同時に、彼女はようやく「シルヴィア」としての自我を取り戻した。

＊　＊　＊　＊

「分かるだろう？　この世界から出るにはNo.0を倒すしかない。僕は進むのを止《や》めたんだ」

そう語ったのはNo.２３。

彼と焚火《たきび》を囲いながら物思いに耽《ふけ》るシルヴィア。

この時シルヴィアはNo.８の名前を得ており、この世界の仕組みを完全に理解していた。

無名の戦士は全ての者にNo.が振り分けられ、そのNo.を若い数字に「上げて」いくことで自分を取り戻していくことができる。しかしそれまでの間に何千何万との時間が流れてしまうと、自分の名前はおろか「信念」すら思い出すことができなくなる。


信念なき者、戦士にあらず。

信念がなくなれば消えてなくなるだけ。


「いくのか？」

No.２３が顔を上げた。

ボロ切れの奥に人族の少年の顔が覗《のぞ》いている。

立ち上がったシルヴィアの姿は既に狼のそれではなく、美しい人族の女性の姿となっていた――それは剣を用いた戦闘において最も合理的な体が人型だからであり、No.１００以下の豪傑《ごうけつ》達は皆、人の姿となっている。

「ああ。世話になったな」

凛《りん》とした声が響く。

No.２３は泣きそうな顔で俯《うつむ》いた。

「No.２から７はNo.１の仲間だ。もういいだろ、ここまで取り戻せたんだから！　一度負ければ砂になって世界に喰《く》われちまうんだぞ！」

シルヴィアは歩き出す。

その背中をNo.２３は追いかけ、倒れながらも声を大にして叫んだ。

「負けたら全て終わるんだぞ！」

シルヴィアは振り返らない。

両手に光の剣を携え、背中に円を描くようにして光の剣が現れる。迎え撃つNo.達を物ともせず、一撃の下に倒してゆく——もはやシルヴィアに敵はいない。そして遂《つい》に彼女はNo.１となり、玉座の前へとたどり着いた。

「ほう、お前はいつぞやのガキ狼か。お前の親父《おやじ》は強かったなぁ」

玉座の人型にシルヴィアは見覚えがあった。

かつて父を圧倒したあの冒険者だ。

「なぜこの世に留《とど》まっている」

シルヴィアの言葉を受け嬉《うれ》しそうに笑うNo.０。

「実力のみで成り立つこの世界、居心地《いごこち》いいじゃあねえか。俺が求めていたのが正にこんな世界さ」

だから俺から奪うなよ——と、ゆらりと立ち上がるNo.０。かつての彼がそうだったように、腰に携えた長剣をスラリと抜き放つ。

「せいぜい楽しませてくれよお！」

No.0の斬撃が迫る！

その一撃は神をも殺す威力があった。

キィイン！

光の剣がそれを弾き、No.0の体を何本もの剣が貫いた――ロイヤは自分の体が消えてゆくのを見て、初めてそこで「攻撃された」ことに気付いた。

「なん……俺が、こんな簡単に……？」

消えてゆくかつての宿敵。

シルヴィアの閃剣はこの世界によって鍛《きた》えられ、光の速度を手に入れている。

光の剣は物理的干渉を受け付けない。

今や彼女のスキルは、まさに剣スキルの頂点に君臨していたのだった。

「お前の信念が私より〝弱かった〟それだけだ」

ロイヤを討ったことで世界の頂点に君臨することとなる。

シルヴィアが玉座に腰をかけると、門の時に聞こえた声が脳内に響いた。

『全てを望め　全てが叶《かな》う』

目の前に浮かぶ、かつて捧げた目玉を受け取ると、彼女は迷わず「それ」を願ったのだった

――

＊　＊　＊　＊

鳥の囀《さえず》りで目を覚ます。

むくりと体を起こすと、ここが遺跡の真ん中であることが見て取れた。

「帰らなきゃ……」

シルヴィアは逸《はや》る気持ちを抑えながら二本の足で立ち上がり、足早に自分の家へと向かった。

＊　＊　＊　＊

「そっか、そうだな」

シルヴィアは寂しそうに笑った。

目の前には一際巨大な大樹と、その根本に少しだけ空いた穴——我が家の名残りだけがあった。

樹齢から目算するに、およそ数百年もの時が感じられる。アーチの奥で流れた時間と同じだけ、こちらでも時間が経過していたのだ。

我が家の前で、まるで幻影のように父、母、兄弟達が駆け回る姿が浮かぶとともに、シルヴィアの心は完全に折れてしまった。

「私は何のために……」

家族の元へ帰りたい一心だった。

それだけのために、あの過酷な世界を生き延びた——のに。

茫然《ぼうぜん》と座り込むシルヴィアの視界に何かが映り、シルヴィアは大樹の根本、かつて我が家があった場所を凝視した。窪みの奥、まるで大樹を支えるような形で立つ二人の狼。

紛れもなくシルヴィアの父と母であった。

「父様！　母様！」

駆け寄るシルヴィアは二人の〝状態〟に気付き、立ち止まる。彼女に気付いた父が顔を上げ、嬉しそうに微笑《ほほえ》んだ。

『よく戻ったな』

そして母も優しく微笑む。

『おかえり、シルヴィア——』

二度と聞けないと思っていた二人の声。

震える手で二人の体に触れる——と、二人の体は砂のように消えてゆき、そこにはかつての我が家が、当時の姿のまま現れたのだった。

父と母は数百年もの間、シルヴィアの帰りを待っていたのだ。体が朽《く》ち果《は》て、魂だけの存在となろうとも、ずっと待っていたのだ。

シルヴィアは再び寂しそうに笑った。

「ただいま」

彼女の長い長い旅が、ここで終わったのだ。

＊　＊　＊　＊

この数百年で森はかなりの範囲が削られており、住処《すみか》を追われた獣達をよく見かけるようになった。そんな様子をアーチの上に腰掛けながら、シルヴィアは眺めていた。

もはや彼女に生きる上での目標はない。

彼女は家と遺跡の近くに現れた人族だけを徹底して排除した――そんな彼女の圧倒的な強さが森に知れ渡ると、彼女の元に獣の長《おさ》達が集った。

「どうかこの森を守ってくださらんか」

「我々の長に、獣の王に、どうか！」

シルヴィアは獣達から王だの神だのと崇《あが》められはじめていたが、彼女からすれば他種族を守る義理などなかった。

長達に紛れ、小さな狼が歩み出る。

「お願い、します」

「…………」

シルヴィアは、かつて家族が愛したこの森そのものを守ることにした。といってもやることは単純で、森へ侵入した人族をひたすら皆殺しにした。彼女にとって、守る範囲が多少広がろうが関係なかったのだ。

一年が経ち、三年が経ち。

大勢の死者を出したことで人族はシルヴィア達の森を〝不可侵領域〟として区分し、金輪際侵略してくることはなかった。

シルヴィアは名実ともに獣の王となった。

＊　＊　＊　＊

シルヴィアは初めて自分が「勝てないかもしれない」と思える存在と出会った。

その人物は何食わぬ顔でアーチをくぐり、何事もなかったように彼女の前に立つ。

「悪いけど、この世界を〝世の理《ことわり》〟から切り離すことにしたから」

軽薄そうに笑うその男は闇の神と名乗った。

シルヴィアは興味なさそうに片膝を抱きながら、アーチの上で家を見守っていた。

闇の神ヴォロデリアが一瞬、シルヴィアの家の方へ視線を向ける。そして戻したその刹那——首元に無数の剣が突き付けられていることに気付いた。

「家に何かしたら殺す」

淡々とした口調でそう忠告するシルヴィア。

ヴォロデリアは嬉しそうに頭を掻《か》いていた。


そしてこの世界は〝ｍｏｔｈｅｒの支配下〟から外れ、別の場所へと隔離されることになる。


それからは同じことの繰り返しだ。

ロス・マオラ城の魔王達と邂逅《かいこう》し、時にぶつかり、認め合い、最終的には〝互いに干渉しない〟という結論に至る——そんな中で、修太《しゅうた》郎《ろう》が現れたのだ。

（なぜ私がこんな者の支配下に……）

城内ですれ違う度に、シルヴィアの憎悪の気持ちは増してゆく。それこそスライムへの合成を見せつけられ上下の関係こそハッキリしたが、心からの忠誠など立てるものかと考えていた。

力だけでは完全な支配などできない。

シルヴィアの支えは後にも先にも家族だけ。

他の魔王や修太郎に付け入る隙などない。

（ない、はずなのに……）

主《あるじ》を心から慕うバンピーを見た。

主と楽しそうに笑うバートランドを見た。

主を想《おも》い、集まってゆく魔王達の姿と、父や母の周りで駆ける兄弟達とを重ねた。

（父様、母様……）

修太郎が優しい言葉をかける度、

修太郎が気遣う態度を見せる度、

修太郎が弱った姿を見せる度に――シルヴィアの心は揺れ動き、最愛の家族達が薄らぐような感覚に襲われる。

「あぁ、父様、母様……」

私ももう一度、もう一度だけ――

大事な人に心を委《ゆだ》ねていいですか。

≪CHARACTER: キャラクターデザイン&設定≫

The unimple
mented
end-stage enemys
have joined us!

player: { Reiran }

怜蘭

元・黄昏の冒険者ギルド所属の最前線プレイヤーの一人。見た目から、冷たい印象を持たれがちで子供に嫌われやすいが、本人は子供好きで愛情深い。β時代・最前線時代では「幻影の怜蘭」という異名で呼ばれ、最前線攻撃役の中でも三本の指に入る実力者。

player: { Rao }

ラオ

元・黄昏の冒険者ギルド所属の最前線プレイヤーの一人。明るく男勝りで、正義感にあふれたムードメーカー。実は常に周りの空気を読み、気遣いをしている優しく繊細な性格で仲間たちの信頼も厚い。

Afterword: あとがき

この度は『未実装のラスボス達が仲間になりました。3』をご購入いただきありがとうございます。

今回は黄昏の冒険者周辺の掘り下げを贅沢に行なってみました。

本当は魔王達にバンバン活躍させたいのですが、私の本能がこうさせました。白蓮《びゃくれん》、ラオ、怜蘭《れいらん》とミサキの掘り下げまでしっかりできたので、以降彼女達がイキイキ活躍してくれることを期待しています。

対立して別れた友人達がまた共闘するみたいな展開がとても好きです。少し離れてた世話役が前の仲間の成長に驚く展開も好きです。自分を変えてくれた憧れの人に一歩近付くような展開も好きです……だから全部入れました。

最前線組が意地悪そうに見えてしまいますが、だいたいアルバのせいですね。ワタルをミステリアスなリーダーにしたいがために、アルバを熱血な正義漢にした感は否めません。漫画版でビジュアル出ますが、堅物な激渋のおっさんって感じで好きです。

白蓮が単身で塔に向かった時、最初のプロットではミサキの連絡を受けたワタルとアルバが追いかけました。単純にアルバの馬が移動に便利なのと、ワタルのかっこいい所を描きたかったのとがあります。

誠に変更した経緯は全員に見せ場を作りたいからでしたが、書き直して正解でした。

誠《まこと》は適当っぽいながらも情に厚く、皆と分《わ》け隔《へだ》てなく絡めるし、懐かれやすいリーダーというキャラです。結果として塔の終盤で良いところも描写できたので大満足です。

紋章第7部隊ではラオ・怜蘭はもちろん、ショウキチやケットルの成長も書けたのは大きかったなと思いました。子供達の成長を見て大人達が自然と結束する雰囲気、良いですよね。

修太郎《しゅうたろう》周辺では主にアイアンにスポットライトが当てられてますね。

主人を殺してしまった悲しい化け物で終わらせたくなくて、Web投稿時に思い付きで復活させた記憶があります。今後の活躍に期待。昇級によって修太郎がとんでもなく強化されてますが、これがまた動かしにくい。最強キャラって動かしにくいですね……お話が一瞬で終わってしまうので。

2巻のあとがきでも告知してましたが、シルヴィアの過去編を書き下ろしに載せてあります。特に本編でアイアンが挑んでいる「剣の世界」の掘り下げを書き下ろしで丁寧に解説する目的もありました。残る魔王はエルロード、ガララス、セオドールの三人ですね。一応6巻まで出せれば全員分のエピソードを書けるので、当面は6巻発売を目標に頑張っていこうと思います。

プニ夫の掘り下げもしたいなぁ。

漫画版もいよいよスタートしますね。

原作者特権で、緋呂河《ひろかわ》先生の可愛いイラストを誰よりも先に堪能できる優越感は計り知れません。漫画版は小説とまた違った設定・描写がありますので、そちらも併せてお楽しみいただければなと思います。

それではまた会いましょう。

ながワサビ64

The unimplemented end-stage enemys have joined us!